Architect Geoffrey Staddon zal het huis Clouds Frome nooit ver-geten. Het was zijn eerste grote project en hij werd verliefd op zijn opdrachtgeefster: Consuela. Na de bouw keert hij haar de rug toe. Twaalf jaar later wordt Consuela ervan verdacht haar nichtje te hebben vermoord. Geoffrey gelooft dit niet en keert te-rug naar Clouds Frome om haar te helpen. Zijn zoektocht naar de waarheid confronteert hem met geheimen uit het verleden. Geheimen die beter verborgen hadden kunnen blijven.

De Engelse thrillerschrijver Robert Goddard (1954) studeerde geschiedenis in Cambridge. Hij debuteerde in 1986 met de thriller *Verjaard bedrog*. In 1992 won hij de Thumping Good Read Award voor *In het niets*. Inmiddels wordt Goddard beschouwd als een van de opvallendste misdaadschrijvers in Groot-Brittannië. Dankzij vertalingen in meer dan tien landen is hij ook daarbuiten razend populair.

Van Robert Goddard verschenen
in vertaling bij Uitgeverij BZZTôH

Afscheid van Clouds Frome
De Catalaanse brief (ook leverbaar als Rainbow Crime-pocket)
Dodelijk inzicht (ook leverbaar als Sirene Pocket)
Dodelijk negatief
Gesloten cirkel
Gestolen tijd (ook leverbaar als Sirene Pocket)
In het niets (ook leverbaar als Sirene Pocket)
Moorddadig verleden (ook leverbaar als Sirene Pocket)
Verjaard bedrog (ook leverbaar als Sirene Pocket)
.Verzwegen

D1412801

Robert Goddard

AFSCHEID VAN CLOUDS FROME

Gratis voorpublicatie met vele kortingsbonnen

Deze uitgave wordt u aangeboden door
Sirene Pockets, Rainbow Crime en Uitgeverij BZZTôH

SIRENE POCKETS

Sirene Pockets ® worden uitgegeven door
Uitgeverij Maarten Muntinga bv, Amsterdam

Uitgave in samenwerking met
Uitgeverij BZZTôH, 's-Gravenhage

Oorspronkelijke titel *Take no farewell*
© 1998 Robert Goddard
© 1999 Nederlandse vertaling Uitgeverij BZZTôH, 's-Gravenhage
Vertaald door Bob Snoijink
Omslagontwerp Mariska Cock
Druk Ebner Ulm
Uitgave in Sirene Pockets april 1999

ISBN 90 5831 014 0   NUGI 331

Proloog

Het was donker en het sneeuwde. Ik zat op de plaats waar ik nu sta, en zag de wind in de lichtcirkels van de straatlantaarns met de sneeuwvlokken spelen, terwijl ik luisterde naar het hoge gierende geluid van stormvlagen langs de schoorsteenpijp. Vanaf het invallen van de schemering zat ik daar en wachtte – de hele avond, de hele nacht.

En nu is het wachten bijna voorbij. De zon is op en hangt laag in een heldere, koude lucht. Een vreemdsoortig diffuus licht, weerkaatst door de sneeuw op de stoep, glijdt over het plafond. Dat betekent nog een uur voor het moment dat ik lang heb verwacht. Een uur – of nog minder – voor het mistroostige eind van mijn vlucht voor mezelf.

Wat zou er door haar heen gaan in haar overvolle bakstenen isolement aan de andere kant van de stad? Wat voor afscheid bereidt ze voor en hoe zal zij dat schamele stukje wereld de rug toekeren? Wat zal ze van me denken wanneer het uur is verstreken en het tijdstip is gekomen? Wat zal ík dan van mezelf denken?

Aan het eind van een rijtje garageboxen komt een taxi de straat inrijden. Die komt mij halen; hij komt me halen in antwoord op een oproep die ik ooit meende voor altijd te kunnen ontlopen. Ooit, maar nu niet meer. Niet meer sinds die keer tijdens de afgelopen herfst dat ik haar naam na een stilte van twaalf jaar weer hoorde en besefte – ondanks al mijn pogingen om die wetenschap te onderdrukken – dat een oud verraad zijn tol ging eisen. Niet meer sinds die dag die ik nu in mijn herinnering opnieuw beleef, terwijl de taxi, die zwart glanzend afsteekt tegen het witte dek van sneeuw, slippend tot stilstand komt. Niet meer sinds die dag en alle volgende dagen.

Een

'De familie Caswell in Hereford. Waren dat geen cliënten van jou, Geoffrey?'

Ik had wel rood kunnen worden van schrik toen Angela dat zei. Maar waarschijnlijk verried mijn geoefende gelaat geen enkele reactie, hoe graag ze er ook iets op had gelezen. Tussen mijn vrouw en mij heerste al sinds enige jaren een merkwaardig ongegronde vijandschap, een wederkerig soort teleurstelling die eeuwig en altijd zocht naar kleinigheden die het potentieel van een waarachtige grief herbergden. Ik nam aan dat ze me zoals gewoonlijk probeerde te vangen, dus ik trok mijn wenkbrauwen op alsof ik haar niet goed had gehoord.

'De Caswells uit Hereford, Geoffrey. Om precies te zijn Victor Caswell en zijn vrouw Consuela. Heb jij niet een huis voor hen gebouwd?'

Fronsend zette ik mijn kopje met slechts een amper hoorbaar tikje weer op het schoteltje. Ik deed alsof ik een kruimeltje geroosterd brood van mijn mouw veegde en keek langs Angela naar het raam. Het was dinsdag 25 september 1923 volgens de krant die opengevouwen voor haar lag. Kwart over acht volgens de onbetrouwbare klok op de schoorsteenmantel; een geschenk van een van haar tantes. De weersvoorspelling was regenachtig met opklaringen, en zo'n opklaring was momenteel verantwoordelijk voor een zee van zonlicht die het oppervlak van de marmelade deed fonkelen en een oogverblindend aura om het ietwat gebogen hoofd van mijn vrouw toverde. Het licht gaf haar kapsel zijn gouden glans terug, maar vermocht de ijzigheid in haar stem niet weg te nemen.

'Clouds Frome, bij Hereford. Daar heb ik je absoluut over gehoord. Was dat niet je eerste grote opdracht?'

Clouds Frome. Inderdaad, ze had gelijk. Mijn eerste en daarom dierbaarste opdracht, maar ook de akeligste, hoewel dat niet aan het ontwerp of de bouw lag, want de fout zat 'm in iets anders. Ik had het huis – waarvan elke steen en holte ooit even vertrouwd waren geweest als de lijnen in de palm van mijn hand – twaalf jaar niet gezien. Ik had zelfs geen blik geworpen op de foto ervan in dat oude exemplaar van *The Builder* dat ik blindelings in mijn werkkamer zou weten te vinden. Ik had er nog geen blik op willen werpen. Vanwege de naam die mijn vrouw zojuist had opgedregd uit een verdronken maar nog lang niet vergeten verleden. De Caswells uit Hereford. Victor en Consuela. Vooral Consuela.

Ik schraapte mijn keel en keek naar Angela. Zoals verwacht, waren haar blauwgroene ogen op me gericht en haar geëpileerde wenkbrauwen opgetrokken; de ene iets meer dan de andere, ten teken van twijfel. Haar lippen waren samengeperst en op de scheidslijn van kin en wang tekenden zich rimpeltjes af die er ooit niet hadden gezeten.

'Jawel,' zei ik. 'Ik heb Clouds Frome voor de familie Caswell gebouwd. Een hele poos geleden. Voor wij elkaar leerden kennen. Hoezo?'

'Dit bericht heb je dus niet gelezen?' Ze tikte met een gelakte nagel op de opengeslagen krant terwijl het zonlicht uit de kamer verdween, en een plotselinge kilte in de atmosfeer ontstond.

'Nee, ik heb de krant vanmorgen nauwelijks ingekeken.'

Ik zou zweren dat Angela bijna glimlachte. Haar lippen trilden een beetje en er fonkelde iets in haar ogen. Daarna trok ze dat nietszeggende, zogenaamd openhartige gezicht dat ik zo dikwijls zag. 'Dan is het maar goed dat mijn oog er wel op is gevallen. Anders had je het misschien niet geweten.'

'Wat geweten, lieve?'

'Wat gênant had kunnen zijn,' vervolgde ze onoprecht, 'als iemand je had gevraagd of jij haar tot zoiets in staat had geacht.'

'Tot wat in staat?'

Angela keek naar de krant en leek van plan om me tot razernij te brengen, want ze deed een poosje met gefronste wenkbrauwen alsof ze het stukje opnieuw las. Vervolgens pakte ze haar sigaret van de porseleinen asbak naast zich, nam een lange trek en zei zonder plichtplegingen: 'Tot moord.' Ze blies een wolkje rook naar het plafond. 'Het schijnt een uitgemaakte zaak te zijn.'

Het valt nu niet mee om me de emoties te herinneren waarmee ik dat bondige, onbarmhartige krantenbericht las, en ik weet helemaal niet meer met welke woorden ik het onderwerp van tafel veegde en me haastte te zeggen dat ik de tijd helemaal was vergeten, een vroege afspraak op kantoor had en echt, ja echt, onmiddellijk op moest stappen. Ik geloof geen moment dat Angela onder de indruk was van mijn toneelstukje. Ze zal zeker hebben gezien – zoals ze had gehoopt – dat ik niet alleen opkeek van wat ik las, maar tot in het diepst van mijn ziel geschokt was. Ze zal hebben beseft dat het feit dat ik de krant achteloos op tafel liet liggen niets betekende; dat ik vijf minuten later een ander exemplaar van een straatventer kon en zou kopen, en dat ik tegen een of ander hek zou leunen om steun te zoeken terwijl ik die korte, geladen en nagalmende zinnen herlas.

VERGIFTIGING IN HEREFORD

In het onderzoek naar de moord op Rosemary Caswell, een nicht van de rijke zakenman Victor Caswell uit Hereford, heeft zich gisteren een sensationele ontwikkeling voorge-

daan. Consuela Caswell, de Braziliaanse vrouw van de heer
Caswell, verscheen voor de rechter van instructie in Here-
ford op beschuldiging van de moord op juffrouw Caswell en
poging tot moord op de heer Caswell, door toediening van
vergif. Dit alles heeft plaatsgevonden in het huis van de fa-
milie, Clouds Frome bij Hereford, op zondag 9 september.
Mevrouw Caswell is vrijdag gearresteerd na huiszoeking op
Clouds Frome, waarbij arsenicum en een aantal belastende
brieven werden gevonden. Zij ontkende de beschuldigingen
en is voor de duur van een week in verzekerde bewaring ge-
steld.

Die ochtend was de ondergrondse nog drukker dan anders,
maar ik was dankbaar voor het gedrang van de mensen om me
heen die aan de lussen hingen, dankbaar vanwege de privacy
die ze me onbewust verschaften en waarin ik één obscuur be-
richtje kon lezen en herlezen om er iets van betekenis uit te des-
tilleren. 'Vergiftiging in Hereford' stond onopvallend tussen het
uitvaagsel van een tiental rechtszaken. Dronken vechtpartijen.
Huiselijk geweld. Inbraken en diefstallen. En moord. In Hereford. In een familie die ik kende en een huis dat ik had gebouwd.
Door een vrouw die ik… Hoe was dat in godsnaam mogelijk?

'Pardon, wat zegt u?' De man links van me keek me met een
geërgerde frons aan door een bril met borrelglaasjes. Kennelijk
had ik mijn gedachten hardop geuit en was hij bang dat zijn op-
lossing van de kruiswoordpuzzel in de *Daily Telegraph* in het
gedrang zou komen door een medereiziger die wellicht niet
goed bij zijn hoofd was. Ik zag al voor me hoe hij met die zeur-
stem van hem tegen een getergde echtgenote in Ruislip zou klagen dat zulke incidenten tegenwoordig aan de orde van de dag
waren.

'Niets.' Ik probeerde te glimlachen. 'Helemaal niets. Neemt u
mij niet kwalijk.'

'Al goed.' Hij sloeg de krant op zijn knie en begon een woord in te vullen.

Al goed? Niks al goed. Om de waarheid te zeggen was het helemaal niet goed. Het was zelfs goed fout.

Ooit was ik verliefd geweest op Consuela Caswell. Ooit had ik haar bemind en zij mij. Een poosje had het er veel van weg dat niets ooit meer voor me kon betekenen dan wat wij voor elkaar voelden. Maar dat was twaalf jaar geleden en allemaal vergeten, zij het misschien niet vergeven. Dus was er geen enkele reden – althans geen reden gebaseerd op logica of gezond verstand – dat deze wending in de loop der gebeurtenissen me zo van mijn stuk moest brengen. En toch... En toch... Het leven wordt er niet vrolijker op naarmate we ouder worden: het levenspad wordt een wirwar van verkeerde afslagen, we gaan gebukt onder spijt en worden beslopen door het bewustzijn van onze eigen nietigheid. Als onze ambitie wordt gedwarsboomd en onze hoop gefrustreerd, wat rest ons dan nog dan onze vergissingen te betreuren? En in het geval van Consuela was het nog erger dan een vergissing: het was verraad.

Mijn overhaaste vertrek van Suffolk Terrace verschafte me wat extra tijd en die kon ik goed gebruiken. Daarom onderbrak ik mijn reis in Charing Cross en ging te voet verder via Embankment tot aan Blackfriars Bridge. Vervolgens liep ik door een doolhof van smalle straatjes naar St. Paul's waar ik, zoals zo dikwijls, even stilstond om vol bewondering omhoog te kijken naar Wrens majestueuze koepel. De bouw had vierendertig jaar in beslag genomen en Wren was al ouder dan ik nu toen hij eraan begon. Waar haalde hij de energie, de inspiratie en de moed vandaan om aan zo'n onderneming te beginnen? Twaalf jaar geleden was het een troostrijke gedachte dat zulke dingen bestonden, want in die tijd kon ik me nog verbeelden dat ik zelf zulke ambities koesterde. Maar dat was verleden tijd. De durf was verdwenen toen de originaliteit me in de steek begon te laten. Een landhuis waar ik nooit meer kwam. De as van een afgebrand hotel. Een allegaartje van villa's in namaak-Tudor en utilitaire kantoorgebouwen. Een mislukt huwelijk en een verwaterd beroep: op meer kon ik niet bogen na een decennium van zeilen reven voor de wind.

De menigte stroomde duwend en schreeuwend om boven het geraas van het verkeer uit te komen over Cheapside. Getoeter, gierende remmen, het geschreeuw van de krantenjongens en de regen die begon te vallen: ik liep voort als in een droom, een droom over wat geweest had kunnen zijn als ik wat moediger en vastberadener was geweest, met mijn liefde voor Consuela als garantie tegen de valstrik van het eigenbelang. Waarom had ik haar verraden? Dat is gauw verteld. Voor mijn carrière. Voor geld en aanzien. En die leken me die ochtend even nietszeggend als de druilerige grauwheid van de lucht boven mijn hoofd.

Frederick's Place 5A was het zenuwcentrum van mijn professionele bestaan sinds Imry en ik er in 1907 waren begonnen. Telkens als ik de gammele trap beklim en dat aroma van oud papier en nog ouder houtwerk ruik, moet ik denken aan Imry en ik zoals we toen waren: we zaten te springen om werk en waren amper in staat om de huur op tafel te krijgen, maar jong en energiek en rijker dan nu in alle opzichten behalve één. We waren vastbesloten van ons te laten horen, om goed te bouwen en daarmee bekendheid te krijgen. Helaas zijn dat de eendagsvlinders van de jeugd, want Imry zal nooit meer de trappen op springen en ik zal evenmin nog grootse ontwerpen op weggegooide enveloppen schetsen. Het leven is wat we ervan maken en de middelbare leeftijd is de tijd waarin we rekenschap moeten afleggen van wát we ervan hebben gemaakt. Die afgelopen septemberochtend bekeek ik het koperen bordje – Rendshaw

& Staddon, A.R.I.B.A. – met een merkwaardig gevoel van weerzin en besteeg ik de trap met een hoofd vol strategieën om de dag die voor me lag, door te komen.

'Morgen, meneer Staddon,' zei Reg Vimpany toen hij me zag binnenkomen.

'Goeiemorgen, Reg. Waar is iedereen?'

'Doris komt wat later. De tandarts, weet u nog?'

'O, ja,' loog ik.

'Kevin is melk gaan halen.'

'Aha.'

'En meneer Newsom,' voegde hij er nadrukkelijk aan toe, 'is er nog niet.'

'Geeft niet. Fris m'n geheugen eens op: wat hebben we vandaag?'

'Nou, ik moet de offertes van Mannerdown met u doornemen. Vanmiddag krijgt u Pargeter. En u heeft Harrison beloofd dat u in de loop van de middag een kijkje bij Amberglade gaat nemen.'

'O ja. Misschien zal meneer Harrison nog even moeten wachten. Zullen we die offertes om elf uur doen?'

'Prima, meneer.'

'Bedankt, Reg.'

Ik trok me terug in mijn kantoor en besefte maar al te goed dat die arme Reg afkeurend zijn hoofd zou schudden over zo veel laksheid. Hij was vijftien jaar ouder dan ik en de enige chef de bureau die we ooit hebben gehad: hij was betrouwbaar en onverstoorbaar en kennelijk schepte hij er genoegen in om een zekere mate van efficiëntie op kantoor te handhaven, hoe weinig dankbaarheid hij ook van ons oogstte.

Toen ik de deur van mijn kantoor achter me dichttrok, had ik het gevoel alsof ik in een veilige cocon zat. Hier had ik de tijd en de ruimte om na te denken en de gelegenheid mijn gezonde verstand los te laten op het kleine beetje informatie waarover ik beschikte. Consuela was de moord op Rosemary Caswell ten laste gelegd. En Rosemary Caswell was een nicht van haar man. Ik kon me het meisje niet eens herinnéren. Ik kon me wel een neef herinneren, dat zeker, een vervelend jongetje van een jaar of negen dat inmiddels rond de twintig moest zijn. Maar een nicht? Waarschijnlijk z'n zus. Wat had Consuela met haar? En vanwaar die subsidiaire aanklacht van poging tot moord? Ik slingerde mijn jas en hoed op de kapstok, staarde uit het raam naar de rode bakstenen zijgevel van Dauntsey House en besefte dat het vermoeden van een half verhaal nog veel erger was dan een vreselijke waarheid.

'Van de goeie, meneer Staddon!' Kevin Loader, onze onweer-staanbaar oneerbiedige kantoorbediende, betrad het vertrek met een theatraal gerammel van de deurknop. Soms verwel-komde ik die opgewekte en zelfverzekerde rukwind, maar van-daag niet. Hij was in een paar sprongen bij mijn bureau, depo-neerde een bundeltje post in de in-bak en wierp me een scheve grijns toe. 'Ik lees dat een van uw huizen in het zonnetje staat, meneer Staddon.'

'Wat?'

'Clouds Frome. Vammorrege op de bus las ik het in de *Sketch*. Een gruwelijke moord, kennelijk. Niks van gehoord?'

'O ja, ik geloof dat ik inderdaad… zoiets heb gelezen.'

'Wat is ervan waar?'

'Ik heb echt geen idee, Kevin.'

'Kom nou. U kent die familie toch?'

'Dat was heel lang geleden. Voor de oorlog. Ik herinner me er bijna niets van.'

Hij kwam een stap dichterbij. De roddelhongerige grijns week niet van zijn gezicht. 'Die Consuela. Dat is toch een lekker stuk?' Ik schudde mijn hoofd in de hoop dat hij het op zou ge-ven. 'Dat zijn ze toch altijd?'

'Wie?'

'Moordenaressen,' siste hij vol leedvermaak. 'En zeker gifmengsters.'

Toen ik Kevin had weggewerkt, ging ik zitten en dwong mezelf een sigaret te roken om wat te kalmeren. Zoals de zaken ervoor stonden, was er geen enkele verplichting om in te grijpen in iets wat de Caswells aanging. Althans geen verplichting die de buitenwereld zou erkennen. Het recht om tussenbeide te komen had ik nog veel minder. Als er ooit al van enig recht sprake was geweest, had ik dat al langgeleden verspeeld. Maar dat ik meer wilde weten, stond vast. Doen alsof er niets was gebeurd, belangstellend de rechtbankverslagen afwachten, maar verder volmaakt onverschillig blijven, was niets voor mij. Ik herinnerde me de naam van de plaatselijke krant dankzij mijn talrijke bezoeken aan Hereford zo veel jaar geleden, dus belde ik het kantoor en wist ze te bewegen om mij de exemplaren van hun laatste twee wekelijkse afleveringen te sturen. Ik zei niet waarom en zij vroegen er niet naar. Alleen mijn schuldgevoel fluisterde me in dat ze het misschien wel zouden raden.

Waar beginnen de lijnen die twee mensen in dit leven bij elkaar brengen? Hoe ver moet je teruggaan om de oorsprong van hun samenvallende lotsbestemming te vinden? Ergens tussen het afhandelen van de offertes van Mannerdown en het aanhoren van een verhandeling over een nieuw soort emulsieverf door de onvermoeibare Pargeter, zocht ik mijn allereerste kantooragenda's op en berekende ik datum en tijdstip van mijn eerste ontmoeting met Consuela Caswell, iets wat ik nog nooit eerder had gedaan. Het was tijdens mijn tweede bezoek aan Hereford in november 1908, nadat de opdracht voor de bouw van Clouds Frome was beklonken en de locatie was vastgesteld. Nu zag ik dat het op dinsdag 17 november rond vier uur 's middags was geweest. In elk geval was dat het aangekruiste tijdstip waarop ik thee zou gaan drinken bij de heer en mevrouw Caswell, mijn rijke cliënt en zijn vrouw. Maar door die precisie liet ik me geen ogenblik misleiden. Onze kennismaking was niet het gevolg van een haastig neergeschreven afspraak in een agenda, maar het onvermijdelijke gevolg van de ontelbare toevalligheden en verbanden die ieders leven regeren.

Het zou bijvoorbeeld heel goed kunnen dat de verantwoordelijkheid bij Ernest Gillow lag. Hij was de charmante en tolerante architect van variététheaters en taveernes op wiens kantoor ik stage liep nadat ik in 1903 in Oxford was afgestudeerd. Gillow kwam zelf van Cambridge en had me aangenomen als gunst aan mijn vader, van wiens diensten als beursmakelaar hij dikwijls gebruik had gemaakt. Een jaargenoot van hem op King's College in Cambridge was niemand minder dan Mortimer Caswell, de oudste zoon van de oprichter van G.P. Caswell & Co., cidermakers in Hereford. Toen na verloop van tijd Mortimers jongste broer Victor na ruim tien jaar in Zuid-Amerika te hebben doorgebracht, terugkeerde met een rubberfortuin op de bank en een Braziliaanse vrouw aan zijn arm, lag het wel in de lijn der verwachtingen dat hij de bouw van een indrukwekkend landhuis een toepasselijk symbool van zijn succes zou vinden. Mortimer suggereerde Gillow als de voor de hand liggende deskundige voor het aanwijzen van een jonge, enthousiaste architect. Aangezien ik pas een jaar daarvoor Gillows praktijk had verlaten, meende hij mij een aanzienlijke gunst te bewijzen door mijn naam te laten vallen. En dat was ook zo, in alle denkbare opzichten.

Volgens mijn agenda was ik op 21 oktober 1908 naar Hereford gereisd om samen met mijn toekomstige cliënt de plaats te bekijken waar Clouds Frome moest komen. Londen was in mist gehuld, maar in het westen baadde het landschap vredig in de zon. Toen de trein Hereford in het begin van de middag naderde, staarde ik meer en meer betoverd naar de goudkleurige wouden, de bedrijvige boomgaarden, de donkergroene weiden en glooiende heuvels van een landschap dat ik amper kende. Mijn hoop rees zo hoog als de hemelsblauwe lucht, want dit was natuurlijk de kans waar iedere jonge architect van droomt: de kans om stijl en locatie te combineren in een vorm waarmee hij zichzelf een plaats in de eeuwigheid kan verwerven.

Inmiddels hadden Victor Caswell en ik elkaar een paar keer geschreven en een keer telefonisch gesproken. Daarom betwijfelde ik geen moment dat hij een van de twee grote, slanke, goedgeklede heren was die bij de uitgang van het station van Hereford stonden te wachten, maar het was niet duidelijk wie van de twee het was. Uiterlijk leken ze erg op elkaar. Ze hadden allebei een mager gezicht met een snor. De een was gekleed in een colbertkostuum met een hoge hoed, de ander in groen, gestippeld tweed met een zwierige pet. De laatste stelde zich voor als Victor.

'Mijn broer Mortimer,' verklaarde hij toen we elkaar de hand schudden. 'Hij gaat mee om zijn mening te geven.'

Wat Victor betrof was er sprake van veel broederlijke opgewektheid, maar Mortimer gaf daar weinig blijk van. Hun sterke uiterlijke gelijkenis leek wel bedoeld om hun tegengestelde karakters te compenseren. Victor wilde dolgraag op pad en zelfs de korte omweg naar mijn hotel leek hem te frustreren. Zijn glanzend groene en goudkleurige Mercedes sedan was zonder meer de fraaiste auto waarin ik ooit had gereden, en in Hereford, waar paard-en-wagens nog altijd de regel waren, trok hij dan ook veel bewonderende blikken. Op de stoffige landweggetjes ten westen van de stad zette hij er flink de gang in terwijl hij over zijn schouder vragen op me afvuurde over architecten die ik bewonderde, stijlen die me bevielen en bouwmateriaal waaraan ik de voorkeur gaf. Gezicht en stem waren bezield van iets wat het midden hield tussen trots en plezier: een ongeduldige, vurige drang om alles wat hij had gepresteerd, luister bij te zetten.

Mortimer zat ineengedoken naast me op de glanzende, leren achterbank en hield de rand van zijn hoed vast. Hij leek wel het polaire tegendeel van zijn broer: somber, zwijgzaam en pessimistisch. Toen ik een alledaagse vraag over de ciderhandel stelde, antwoordde hij humorloos: 'Het is maar een gewone zaak, zoals er dertien in een dozijn gaan, jongeman.'

We staken een rivier over die ik voor de Wye hield (maar later de Lugg bleek te zijn); vervolgens reden we een bebost heuvellandschap in en lieten we de uitgestrekte, dromerige landerijen van Herefordshire achter ons. Het duurde niet lang voordat Victor de auto bij een boerenhek aan de kant van de weg stilzette. We stapten uit en beklommen een glooiende akker, omzoomd met bos, tot we bij een hek in een heg kwamen, waar we bleven staan om het landschap te bewonderen dat langzaam in westelijke richting naar de uiterwaarden van de Lugg en verder naar Hereford omlaag glooide.

'Daarbeneden is het,' zei Victor toen Mortimer en ik hem hadden ingehaald. 'Die drie akkers, de boomgaard ietsje verder naar beneden en de boerderij daartussen. Daar kun je nog net het dak van de boerderij zien.' Hij wees naar een wigvormig rieten dak in de verte dat in een plooi van het landschap schuilging. Er was me nog niets over bestaande bebouwing verteld, maar hij was mijn vraag voor en voegde eraan toe: 'De pachter is per Maria-Boodschap de wacht aangezegd, dus daarover hoef je je geen zorgen te maken, Staddon. De volgende dag gaan de slopers aan het werk.'

'Zes generaties Doaks hebben op Clouds Frome geboerd,' zei Mortimer effen.

'Dan wordt het tijd voor een verandering,' grijnsde Victor. 'Behalve de naam. Clouds Frome. Die bevalt me wel. Wat jij, Staddon?'

'Prachtig, zou ik zeggen.'

'En de plek, het uitzicht, de ligging? Wat vind je daarvan?'

'Die zijn allemaal perfect.' En ik loog niet. Ik overdreef zelfs niet. Wat ik voor mijn geestesoog in dat herfstlandschap gestalte zag krijgen, was een huis dat de bekroning van Victors succes en de lancering van het mijne zou zijn. 'Hier kan ik een prachtig huis voor u neerzetten, meneer Caswell.'

'Ik wil geen smakeloze steenklomp, Staddon. Ik wil geen mausoleum.' Hij sloeg met zijn handschoenen op het hek als om dat te onderstrepen. 'Ik wil een huis waarin ik kan ademhalen, een huis rijk aan praal en schittering. Ik wil het beste van het beste.'

'Dat kunt u krijgen, meneer Caswell.' Zijn hebzucht was aanstekelijk. Mijn eerzucht kende net zomin grenzen als de zijne.

'Je betaalt Paston meer dan zijn land waard is, hè?' vroeg Mortimer, maar inmiddels had ik al de indruk dat zijn enthousiaste broer zich niets in de weg zou laten leggen.

'Nou en?' wierp Victor opnieuw grijnzend tegen. 'Ik kan het me toch veroorloven?'

'Dat is geen zakendoen.'

'Ben ik met je eens, maar dit is geen kwestie van zakendoen, maar een kwestie van visie.'

En daarmee leek de zaak beklonken. Mortimer deed er het zwijgen toe, Victor stak een sigaar op en ik klom op het hek voor een breder overzicht. De boerderij van Clouds Frome stond in een kom met uitzicht op het zuiden en westen, maar in het noorden en oosten beschut door de heuvel die we hadden beklommen. In de haag van bomen rechts hoorde ik het geklater van een beekje dat naar de boerderij liep en naar het adembenemende panorama van glooiende akkers erachter, en de Black Mountains aan de horizon in de verte. Een majestueus huis, dat te bereiken was via een slingerende oprijlaan van de heuvelweg eronder, met water in de buurt en een beschut maar toch open decor: iets mooiers kon je je amper voorstellen. Mijn brein maakte een salto van geluk.

'Nou, Staddon?' vroeg Victor toen we waren afgedaald.

'Het zou me met trots vervullen als ik hier een huis voor u kon bouwen, meneer.' Het was de simpele waarheid en op dat moment het enige waar ik op kon komen.

'En zou het een huis worden waarop ik ook trots kan zijn?'

'O, ja.' Ik wierp een blik over mijn schouder op het uitzicht. 'Dat weet ik zeker.'

'Ga dan maar aan de slag.' Hij gaf me een stevige hand. 'Ga dan maar met volle kracht vooruit.'

Ik meende wat ik zei toen ik die keer met de gebroeders Caswell in het windje en de schrale oktoberzon op de heuvel boven Clouds Frome stond. Het bewuste huis werd en bleef het beste waartoe ik in staat was, en volgens mij ook het beste dat elke architect onder de gegeven omstandigheden had kunnen maken, ongeacht zijn honorarium. Toen ik de volgende dag naar Londen terugkeerde, zat het ontwerp al in grote trekken in mijn hoofd en had ik de helft al op een vel briefpapier van het hotel getekend. Iets elegants maar toch landelijks, niet overdadig maar toch oorspronkelijk. Dat stond me voor ogen en naarmate de plannen vorderden, scheen dat ook binnen mijn vermogen te liggen. Een opgewekte combinatie van klasse en woongenot, geworteld in het landschap, opgetrokken uit plaatselijk materiaal, in dienst van de praktische behoeften van zijn bewoners en toch – met hier en daar een handige ingreep – zijn tijd zelfbewust vooruit.

Ik had al begrepen dat Victor Caswell er niet de man naar was om lastig over geld te doen. Zodra mijn schetsen van zijn toekomstige huis in de smaak waren gevallen, was hij bereid alles te betalen om ze uit te voeren. Bovendien hadden we in de vijf maanden voordat de pachter op zou stappen, meer dan genoeg tijd om alle bijzonderheden aan zijn wensen aan te passen. Met het oog hierop nodigde hij me een paar weken later uit om naar

Hereford te komen. Hij schreef dat hij me aan zijn vrouw wilde voorstellen om haar mijn plannen uiteen te zetten en aantekeningen te maken van eventuele wensen die zij had met betrekking tot het huis. Daarom reisde ik op 17 november weer naar Hereford. Ik liep over van enthousiasme voor mijn plannen en besefte in de verste verte niet dat ik daar iets heel anders zou tegenkomen dan ik verwachtte. Ik zou namelijk Consuela ontmoeten.

Ik had de *Hereford Times* gevraagd de oude exemplaren van de krant naar Frederick's Place in plaats van naar Suffolk Terrace te sturen, want ik had geen zin om Angela aan iets te herinneren wat ze nog diezelfde avond vergeten scheen. Ze arriveerden donderdag in een anonieme wikkel en ik bedacht direct een smoes om me in mijn kantoor terug te trekken en ze te lezen.

Het verhaal dat erin stond was even onsamenhangend als onbevredigend. De namen van de mensen en plekken die ik kende kwamen tot me als in een droom, zonder referentiepunt om mijn gedachten te ordenen. De krant van 13 september berichtte zonder sensatie of ophef over het overlijden van juffrouw Rosemary Caswell, de achttienjarige dochter van Mortimer Caswell – de notabele eigenaar van de plaatselijke cidermakerij – drie dagen daarvoor als gevolg van een plotselinge ziekte. Het gerechtelijk onderzoek was verdaagd tot na de uitslag van de sectie. Maar op 20 september waren er sensationele ontwikkelingen. De autopsie was verricht door sir Bernard Spilsbury – de bekende patholoog-anatoom van het ministerie van Binnenlandse Zaken – en zijn conclusie was dat het meisje door arsenicumvergiftiging was overleden. Bij de voortzetting van het gerechtelijk vooronderzoek bleek dat zowel de moeder van juffrouw Caswell als haar oom Victor met soortgelijke symptomen hadden gekampt, maar minder ernstig ziek waren geweest, na op zondag 9 september op Clouds Frome thee te hebben gedronken. De jury had het vonnis uitgesproken van moord met voorbedachten rade door een onbekende en daarmee het sein voor een politieonderzoek gegeven. Volgens de krant zou de plaatselijke politie door rechercheurs van Scotland Yard worden bijgestaan en men had er alle vertrouwen in dat er weldra een arrestatie zou volgen.

Ik wist al dat die inderdaad had plaatsgevonden. Maar waarom Consuela? En wat waren dat voor belastende brieven waarvan in het verslag van haar voorgeleiding sprake was? Wat voor bewijs was er tegen haar, zo dat er al was? Wat dat betreft was ik nog niets wijzer. Maar ik kon me alvast in minstens één inconsequentie in de berichtgeving vastbijten: als zowel Victor als zijn schoonzus op hetzelfde moment ziek waren geweest als Rosemary, waarom had de beschuldiging van poging tot moord dan alleen op hém betrekking? Ik dacht terug aan de dag waarop ik Consuela leerde kennen en liet alles de revue passeren wat ik me maar kon herinneren, in de vage hoop dat haar schuld of onschuld misschien toen al op de een of andere manier voor de hand had gelegen.

Tussen hun terugkeer uit Zuid-Amerika en de voltooiing van Clouds Frome woonden Victor en Consuela bij Mortimer en zijn gezin in een groot, somber, Victoriaans pand dat Fern Lodge heette, een gestuukte steenklomp van weinig architecturale verdienste, midden in een dicht naaldbos op een winderige hoogte aan de noordzijde van de stad. Op een akelig grauwe dag die scherp afstak tegen mijn vorige bezoek aan Hereford toog ik, met een map met perspectieftekeningen en plattegronden van het nieuwe huis, naar Fern Lodge voor de afgesproken theevisite. Ik wilde deerniswekkend graag in de smaak vallen, was pijnlijk trots op mijn voorstellen en doodzenuwachtig in het geval bepaalde elementen hun goedkeuring misschien niet zouden kunnen wegdragen.

Sinds 1908 is er in de samenleving qua sfeer en gewoonten zoveel veranderd dat mijn kennismaking met de familie Caswell thans wel lijkt te dateren uit een tijdperk dat veel langer geleden is dan vijftien jaar. Overdrachtelijk gezien zou vijftig jaar geleden misschien dichter in de buurt zijn, zo onwezenlijk komt me nu de sfeer voor die me op de bewuste dinsdagmiddag in de salon van Fern Lodge trof. Victor was de enige die ik kende. Mortimer was, zo zei men, op zijn werk. In een halve cirkel van leunstoelen van brokaat, overschaduwd door zware gordijnen en potplanten met grote bladeren, werd ik opgewacht door een viertal vrouwelijke Caswells: mevrouw Susan Caswell, moeder van Mortimer en Victor en de weduwe van de oprichter van Caswell & Co.: een broze, bedillerige dame in ruimvallende grijze kleren; mevrouw Marjorie Caswell, Mortimers echtgenote: zij had scherpe trekken, zwaaide die middag duidelijk de scepter en had zich voor de gelegenheid gehuld in onverbiddelijk maar kostbaar paars; juffrouw Hermione Caswell, de oudste zuster van Mortimer en Victor en minder stijf dan de rest, te oordelen naar haar ondeugende gezichtsuitdrukking en haar met nonchalante stroken afgezette jurk, en ten slotte mevrouw Peto, de vrouw van Marjories broer. In mijn herinnering is zij nu niet meer dan een onbenullig wezen in verschoten turkoois.

Victor, wiens vermoeide blik deed vermoeden dat theedrinken met zijn vrouwelijke familieleden niet bepaald zijn meest geliefkoosde bezigheid was, zei dat zijn vrouw zich weldra bij het gezelschap zou voegen. Daarna nam hij met een chagrijnig gezicht plaats op een stoel met een harde rugleuning en liet mij aan mijn lot over. Ik ontvouwde meer plannen dan verstandig was tussen de theekopjes en taartstandaards en deed mijn best om het onmogelijke te doen, namelijk nauwkeurig en beleefd alle vragen van de dames beantwoorden. De oude mevrouw Caswell was zo fatsoenlijk om meer te glimlachen dan te praten, maar Marjorie en Hermione wedijverden in hun ongeremde nieuwsgierigheid en lieten me opgewekt een walsje maken door wat ze wisten of meenden te weten over ligging en proporties. Ik beging de fundamentele vergissing hun opmerkingen serieus te nemen en niet te beseffen dat ze er eigenlijk meer op uit waren om elkaar de loef af te steken dan om mij uit te horen. Daardoor en dankzij de punt kummeltaart waar ik dom genoeg aan begonnen was, verkeerde ik in een staat van grote verwarring toen de deur openging en Consuela binnenkwam.

Ik hoorde het ruisen van haar jurk achter me en zag Victor opstaan. Ik stond ook op en draaide me om in de richting van de deur die net weer dichtging. Toen stond ze voor me. Consuela Evelina Manchaca de Pombalho, want dat waren de namen waarmee ze was geboren, en ze was in alle opzichten meer dan welke Caswell ooit zou kunnen zijn. Ze was gekleed in een glanzende, nauwsluitende, satijnen middagjapon, kastanjebruin met goud, afgezet met kant en tule, en ze droeg een heel subtiel bloemenhoedje achter op het hoofd; een lange, enkelvoudige parelketting om haar hals; een vliegervormige broche op haar linkerborst en een effen gouden trouwring. Verder had ze geen sieraden en was er niets om de aandacht van haar volmaakte figuur, haar slanke hals en fraaie trekken af te leiden. Met al die elementen was ze misschien niet meer geweest dan een ongewoon mooie Engelse vrouw, maar haar huid was donkerder dan die van welke Engelse dame ook, haar haar was dikker, haar lippen waren voller en haar ogen sprankelender.

'Mijn vrouw, Staddon,' zei Victor, terwijl hij een stap opzij deed toen ze naderbij kwam. Toen hij dat zei, meende ik een overbodige nadruk op het woordje *mijn* te bespeuren en toen ik me bukte voor een handkus en een stap terug deed om haar aan te kijken, begreep ik wel waarom. Hij had dit exotische en onthutsende wezen gevonden, getemd en gehuwd en nu had hij haar mee naar huis genomen om aan een zijden ketting mee te pronken.

Ik mompelde iets in de geest van dat ik haar dienaar was. Consuela keek me voor het eerst recht aan en zei: 'Volgens mijn man gaat u een huis voor ons bouwen, meneer Staddon.' Er was maar een uiterst vaag spoortje van een accent in haar stem. Haar Engels was perfect – hoewel ze trager en lichter sprak dan een autochtoon – en ietwat gereserveerd, in schrille tegenstelling tot het geratel van haar schoonfamilie.

'Inderdaad, mevrouw Caswell. Het is me een hele eer.'

'Dat geldt natuurlijk ook voor ons.'

'Wat dat aangaat…'

'Kom eens naar de plannen van meneer Staddon kijken, Consuela,' hoorde ik Marjorie achter me zeggen.

'Ja,' zei Hermione. 'Ze zijn echt heel veelbelovend, hè, Victor?'

'Zeker, ze beginnen aardig vorm te krijgen.' Maar Victor klonk beslist onverschillig. Het was een onthutsende verandering, vergeleken met het enthousiasme dat hij tijdens ons locatiebezoek aan de dag had gelegd en slechts de eerste van de talrijke stemmingswisselingen waaraan ik in de loop van onze samenwerking gewend zou raken. Hij wilde een majestueus huis om in te wonen, een beeldschone vrouw aan zijn zijde en het respect van allen die hem kenden, maar af en toe koesterde ik het vermoeden dat het allemaal maar objecten voor hem waren; symbolen van een succes waarvan de werkelijke inhoud ongrijpbaar bleef.

Consuela nam plaats, accepteerde een kopje thee en luisterde aandachtig naar mijn uitleg. Onderbrekingen door Marjorie en Hermione waren nog even frequent en banaal als daarnet, maar op mij had Consuela's aanwezigheid een onverwacht kalmerend effect. Ze scheen mijn voorstellen intuïtief aan te voelen en legde met een handvol kernachtige vragen meer inzicht aan de dag dan de rest met alle vragen tezamen.

Hermione liet voldoende blijken om het vermoeden te rechtvaardigen dat ze met zorg een scherpzinnige geest versluierde, als ze tenminste niet met Marjorie wedijverde om het hoogste woord. Toen die sluier even omhoogging, keek ze me van de andere kant van de met plannen bezaaide tafel aan en zei: 'Zoals u ziet, heeft Consuela meer oog voor kunst dan de rest van ons, meneer Staddon.'

Marjorie keek beledigd. Mevrouw Peto giechelde, de oude mevrouw Caswell grijnsde en Consuela sloeg haar ogen neer, maar Hermione had de spijker op de kop geslagen. In deze behoedzame, intelligente jonge vrouw bespeurde ik ook een zekere sympathie voor mij die tastbaarder was dan woorden. Toen schreef ik die toe aan niets anders dan een sterk ontwikkelde kunstzinnige gevoeligheid, en voorlopig was dat ook meer dan genoeg.

'Natuurlijk kan dit allemaal veel beter worden begrepen als we ter plaatse zijn,' stamelde ik.

'Victor heeft me Clouds Frome nog niet laten zien,' zei Consuela.

'Daar is nog tijd genoeg voor,' zei hij, 'als het terrein ontruimd is.'

'Als u erheen gaat, zal het me een genoegen zijn om uw gids te zijn, mevrouw Caswell,' zei ik.

'Dat is erg vriendelijk van u, meneer Staddon. U mag het niet vergeten.'

'Nee, beslist niet.'

Voor het eerst sinds Consuela zich bij ons had gevoegd, verscheen er een glimlach om haar lippen. En die glimlach zette mijn hart in vuur en vlam.

Tegen het eind van de eerste week na Consuela's arrestatie liet Giles Newsom – onze eerste assistent en potentiële partner – blijken dat Kevin niet het enige lid van het personeel was dat de naam Clouds Frome in de krant had gelezen. Newsom was niet alleen een aantrekkelijke jongeman die bekendstond om zijn elegante manier van kleden en populariteit bij het schone geslacht, maar hij was ook een talentvol aankomend architect. Imry had erop aangedrongen hem in dienst te nemen toen het duidelijk werd dat hijzelf nooit meer zijn volle aandeel in de zaak kon bijdragen, en hoewel de jongeman naar mijn gevoel altijd een tikje te zelfverzekerd was, had hij Imry's vertrouwen in de afgelopen vier jaar niet beschaamd.

Newsoms hardnekkigste fout was niet incompetentie maar luiheid, en in zo'n stemming trof ik hem alleen aan toen ik vrijdagmiddag laat op kantoor kwam: met zijn voeten op het bureau, een sigaret in zijn mond en een exemplaar van *The Architect Journal* opengeslagen voor zich. Onder andere omstandigheden had ik hem misschien vriendelijk berispt, maar die keer voelde ik me te neerslachtig om de moeite te nemen.

'Nog niet naar huis, Giles?'

'Ik haal wat leeswerk in, meneer Staddon.' Hij haalde glimlachend zijn voeten van het bureau, maar leek zich verder nergens voor te generen. 'Het kan nooit kwaad om van de ontwikkelingen op de hoogte te blijven, vindt u niet? Nieuwe stijlen, nieuwe ontwerpen, nieuwe ideeën.'

'Gelijk heb je.'

'Niet dat we af en toe niet net zoveel van oude ideeën kunnen leren.'

'O, nee?' Ik begon een dubbele bodem onder zijn opmerkingen te vermoeden waardoor ik weleens spijt zou kunnen krijgen van dit gesprek.

'Zeker niet. Om u de waarheid te zeggen heb ik onlangs met bewondering naar een van uw eerste ontwerpen gekeken.'

'O ja? Welk?' Alsof ik het niet wist.

'Clouds Frome. Reg heeft me het artikel in dat oude exemplaar van *The Builder* laten zien. Ik had het nog nooit gezien. Ik wist niet eens dat we dat in ons archief hadden.'

'Wat is ermee?'

'Wat ermee ís?' Hij keek me geamuseerd verbaasd aan. 'Nou, het is natuurlijk klasse. Zo eenvoudig, zo effectief. Functie en stijl: voor de verandering perfect gecombineerd. Ik wist niet...'

'Dat ik dat kon?'

'Natuurlijk wel.' Hij lachte. 'Ik probeer u verdorie een compliment te geven. De combinatie van een dergelijk rijk en statig eet- en zitvertrek doet het uitstekend. Die vijfhoekige erker die de vier gevels aan de achterkant accentueert. En dat opgehoogde voetpad van flagstones dwars door de boomgaard. Hoe noemden ze dat ook weer? *Een pier in een zee van bloesem*? Briljant, echt waar.'

'Dat is vriendelijk van je.'

'Het is niets minder dan de waarheid. Alleen jammer...'

'Nou?'

'Jammer dat dergelijke opdrachten zo dun gezaaid zijn. Waarschijnlijk waren er voor de oorlog meer cliënten aan het duurdere eind van de markt te vinden.'

'Mogelijk.' Ik moest aan Victor Caswell denken en realiseerde me dat cliënten als hij nooit dik gezaaid waren geweest, wat waarschijnlijk maar goed was ook. 'Maar je hebt er maar één nodig.'

'Mag ik u iets over Clouds Frome vragen, meneer Staddon?'

'Ga je gang.'

'Zonder iets ten nadele van uw andere werk te willen zeggen, maar denkt u dat het het beste gebouw is dat u ooit heeft ontworpen?'

Ik zuchtte. 'Ja, Giles, dat denk ik inderdaad.'

Daags na de theevisitie bij de familie Caswell besloot ik mijn terugkeer naar Londen tot 's avonds uit te stellen, zodat ik Clouds Frome nog een keer zonder mijn cliënt kon bekijken. Dus meteen na het ontbijt nam ik een koetsje voor het hotel en liet me naar de hoge kant van de boerderij brengen. Ik was van plan de paar kilometer terug naar Hereford te wandelen als mijn nieuwsgierigheid op een aantal onderdelen was bevredigd.

Het weer was beter dan dinsdag en ik merkte dat de frisse wind me opkikkerde toen ik door een weiland afdaalde in de richting van de boomgaard die Victor me van boven had gewezen. Ik was al begonnen mijn opvattingen te verfijnen om te appelleren aan Consuela's gevoeligheid, en te bedenken hoe haar comfort en gemak in alle opzichten het best gediend konden worden. Waarschijnlijk was haar goedkeuring al belangrijker voor me geworden dan de goedkeuring van de vrouw van welke cliënt ook zou mogen zijn.

Er was een smal spijlenhekje in de heg om de boomgaard, die er nogal verlaten uitzag nu de oogst achter de rug was. Ik wist dat de boerderij erachter lag, maar voorlopig werd het gebouw door de bomen aan het oog onttrokken.

Terwijl ik de lus waarmee het hekje dichtzat losmaakte en de boomgaard inging, schrok ik op van de plotselinge verschijning van iemand die maar een paar meter bij me vandaan stond. Hij was als het ware tussen de bomen gematerialiseerd. Het was een pezig mannetje van middelbare leeftijd met een pet op en gekleed in versleten tweed. Over zijn linkerarm droeg hij een geknakt jachtgeweer en hij was waarschijnlijk door de boomstammen verborgen geweest tot we bijna recht tegenover elkaar stonden.

Aanvankelijk was ik te verrast om een woord uit te brengen. Hij had een opvallend knokig, ingevallen, ongeschoren gezicht met argwanende oogjes. Hij had op iets staan kauwen, want hij spoog het zonder plichtplegingen uit en vroeg: 'Wie mag u dan wel zijn?' Zijn toon deed vermoeden dat ik niet welkom was, wat ik ook zou zeggen.

'De naam is… Staddon. Ik ben architect.'

'Architect?' Hij keek me zwijgend aan alsof hij de voor- en

nadelen van het ras op een rij zette. 'En wiens architect, als ik het vragen mag, meneer Staddon?'

Het leek me zinloos om hem iets op de mouw te spelden. 'De heer Victor Caswell,' zei ik stoutmoedig.

'Aha. Dat dacht ik al.'

'Ik kijk gewoon maar wat rond. Ik hoop dat u dat niet erg vindt.'

'Het zou er weinig toe doen als ik het wel erg vond, hè?'

'Nou, nee. Strikt genomen heb ik uw toestemming nodig, meneer... meneer, eh... Doak was het toch?'

'Dus hij heb mijn naam gezegd?'

'Meneer Caswell heeft het inderdaad over u gehad.'

'Ik kijk ervan op dat hij het nog weet.'

'Dus u heeft er geen bezwaar tegen als ik wat... rondkijk?'

'Bezwaar?' Hij spoog weer. 'Kom maar eens mee, jong.'

Ik volgde hem door de boomgaard en daar zag ik de boerderij. Het was een lemen huis met een laag rieten dak, een ommuurde tuin en schuren ernaast die op instorten stonden. Net als in de boomgaard hing er een sfeer van verwaarlozing, een vermoeden van een langdurige worsteling die onlangs was opgegeven. 'Woont u hier alleen, meneer Doak?'

Hij knikte. 'Sinds m'n vrouw twee jaar geleden is overleden.'

'Geen kinderen?'

'We hadden een zoon, maar die is nog voor zijn moeder doodgegaan, dus nu ben ik inderdaad alleen. Misschien dat deze toestand daardoor minder aan uw geweten knaagt. Of misschien heb u helegaar geen geweten. Uw werkgever heb er geeneen, dus waarom zou u het wel hebben?'

'Nou, ik....'

'Laat u er iets van heel?'

'Waarvan?'

'Van de boerderij, jong, van de boerderij.' Hij wees naar het huis tussen de bomen. De schuren hadden een nieuw rieten dak nodig, dat was duidelijk. En het tuinhek moest vervangen worden. Op de bovenverdieping van het huis was een kapot raam en een ander raam een stukje verderop hing scheef in de scharnieren.

'Nee, ik denk van niet. Alleen…'

'Alleen wat?' Hij keek me nijdig van opzij aan.

'De naam. Meneer Caswell vindt de naam mooi. Het blijft Clouds Frome heten.'

'O, ja?'

We waren aan het eind van de boomgaard. Doak bleef staan en leunde tegen het spijlenhek. Hij haalde een flacon drank uit zijn zak, nam een slok en bood mij de fles aan. Ik schudde mijn hoofd.

'Caswell heeft zijn broer zo ver gekregen om me met ingang van Maria-Boodschap een baantje op de ciderfabriek te geven. Hebbie dat gezegd?'

'Nee.'

'Alleen daarom heb ik u niet van dit land gejaagd. Ter wille van een baan bij een familie die ooit voor ons heb gewerkt. Ter wille van…' Hij spoog over het hek. 'Al dit land is ooit van mijn familie geweest.'

'Wat is er dan gebeurd?'

'Zware tijden, jong, zware tijden.' Hij snoof. 'Behalve voor lui als de Caswells.'

'Het zal best vreselijk zijn om weg te moeten.'

Hij keek me minachtend aan, alsof ik er geen flauwe notie van kon hebben wat het vertrek van Clouds Frome voor hem zou betekenen. 'De Doaks hadden het hier voor het zeggen toen de Caswells nog in de modder naar appels voor de varkens graaiden. Dus wat denkt u dat ik voel als een van hullie het land onder mijn gat vandaan koopt?'

Ik wist niets te bedenken wat noch banaal noch beledigend zou klinken. Gegeneerd wendde ik mijn hoofd af.

'Ik kan Caswell niet tegenhouden als hij Clouds Frome wil kopen,' vervolgde Doak. 'Hij heb het geld en denkt dat hij het recht heb. Maar ik zal je dit vertellen, jong, dit kun je gratis van me krijgen: hij kan deze plek wel hebben, maar hij kan er niet gelukkig wezen. Hij kan er wel wonen, maar het zal hem niet voor de wind gaan. Er zal een tijd komen dat Victor Caswell de dag zal betreuren dat hij hier op Clouds Frome een huis wilde neerzetten.'

Destijds stond ik niet lang stil bij Doaks opmerkingen. Ik schoof ze terzijde als het holle product van afgunst en teleurstelling. En dat waren ze waarschijnlijk ook, al kon niemand nu ontkennen dat Ivor Doak gelijk had gekregen. Heel erg gelijk.

Twee

In de wetenschap dat Angela's nieuwsgierigheid opnieuw ge-
prikkeld zou worden zodra het bericht van Consuela's volgende voorgeleiding in de krant zou staan, had ik ervoor gezorgd
dat ik de volgende dinsdag ongebruikelijk vroeg van huis
moest. Ik had om tien uur afgesproken in Whitstable met de se-
cretaris van een golfclub die een grotere behuizing wenste, dus
moest ik naar Victoria Station op een tijdstip dat Angela nog in
bed lag.

Sinds de dag waarop ik voor het eerst van Consuela's hache-
lijke situatie hoorde, had ik slecht geslapen. Ik kon de tegenstelling tussen alles wat ik me van haar herinnerde en de ontberin-
gen van een politiecel in Hereford niet van me afzetten. Als ik
meer wist van de beschuldigingen die tegen haar waren in-
gebracht, zou ik me misschien opgelucht voelen, dus kocht ik
in Kensington High Street snel en gretig een exemplaar van de
Times en ging op een bankje zitten om de pagina met rechtbankverslagen te lezen.

Voor de rechtbank in Hereford bleek inmiddels een complete rechtszaak te zijn begonnen. Er werd gedetailleerd en op een
in het oog springende plek verslag van gedaan, wat deed vermoeden dat de publieke belangstelling voor de zaak was ge-
groeid. De officier van justitie had de rechtbank langdurig toe-
gesproken om de basis van de aanklacht uiteen te zetten. Aan
de hand van bepaalde brieven die in het bezit van verdachte
waren, zei hij, zou worden aangetoond dat zij redenen had om
haar echtgenoot een kwaad hart toe te dragen. Verder zou wor-

den aangetoond dat er bij de brieven een zekere hoeveelheid arsenicum was aangetroffen. Op zondag 9 september zou zij zoals gewoonlijk met haar man en dochter theedrinken...

Ik stopte met lezen. Ze hadden een kind. Daar had ik nooit een flauw idee van gehad. Het was een doodgewone ontdekking, maar toch was ik er kapot van. Opeens leek alles veel erger geworden. Consuela en Victor hadden een kind, terwijl Angela en ik... Ik moest mijn best doen om me weer op het krantenbericht te concentreren.

Consuela, Victor en hun dochter (die in het bericht niet met name werd genoemd) wilden net thee gaan drinken in de salon van Clouds Frome, toen ze onverwacht bezoek kregen: Marjorie en haar dochter Rosemary, die spontaan langskwamen op de terugweg van een lunch bij Marjories broer en zijn gezin in Ross-on-Wye. De theevisite duurde ongeveer een uur, waarna Marjorie en haar dochter naar huis gingen in Hereford. Een paar uur later werden zowel Marjorie als Rosemary in Fern Lodge ziek met alle symptomen van een acute voedselvergiftiging, terwijl Victor in Clouds Frome met dezelfde symptomen kampte. Rosemary was er verreweg het ernstigst aan toe: het overgeven en de diarree maakten plaats voor verlamming en bewusteloosheid en de volgende avond laat overleed ze.

Het openbaar ministerie voerde aan dat de beklaagde voldoende arsenicum in de suikerpot had gedeponeerd om haar man van het leven te beroven die, in tegenstelling tot zijn vrouw en dochter, regelmatig suiker in zijn thee gebruikte, maar dat Marjorie en Rosemary – die ook suiker gebruikten – de dosis onbewust hadden gedeeld en dat Rosemary op de een of andere manier het meeste binnen had gekregen.

De eerste getuige à charge was dokter Stringfellow, die alle drie de patiënten had behandeld. Naar zijn oordeel had bedorven voedsel of drank de ernst van Rosemary Caswells ziekte niet kunnen verklaren. Daarom had hij zich genoopt gevoeld te wachten met het uitschrijven van de overlijdensakte tot er sectie was verricht door een toxicologisch deskundige. Hij had ook urinemonsters van de andere twee patiënten genomen om door de deskundige te laten analyseren. De ontdekking van arsenicum in die monsters en in het lichaam van de overledene had hem niet verrast; het was wat hij van meet af aan had gevreesd. Met de getuigenis van dokter Stringfellow was de eerste procesdag geëindigd.

Vergif is mij altijd voorgekomen als de meest sinistere levensbedreiging: het verschuilt zich, gemaskeerd door andere smaken, onvermoed in voedsel of drank en slaat vervolgens uren later toe als de maaltijd al half vergeten is. Misschien doelde Ivor Doak daar wel op toen hij het over Victors aankoop van Clouds Frome had: dat er iets was in land en plaats dat zich tegen hem zou keren en uiteindelijk zijn best zou doen om hem te gronde te richten.

Maar was het mogelijk om Consuela als de dader van die vernietiging te zien? Uitgesloten. Zij was geen gifmengster. Het kille, berekenende brein dat voor zo'n misdrijf nodig was, stond haaks op haar karakter. Maar het was duidelijk dat de politie daar anders over dacht en over bewijzen beschikte die hun overtuiging onderstreepten. En wat had ik? Ik kon niets anders najagen dan mijn vergrijsde herinneringen aan Consuela.

Een dag of wat na Pasen 1909 heette ik Consuela welkom tijdens haar eerste bezoek aan Clouds Frome. De aannemer was pas veertien dagen aan het werk, dus er viel weinig anders te zien dan modder en kuilen. Maar de laatste lading puin van de boerderij was verwijderd en ik kon tenminste beginnen met me een voorstelling van de luister van het voltooide bouwwerk te maken. De vraag was of ik dat op anderen kon overbrengen, hoewel zelfs dat amper kon verklaren waarom ik me zo veel zorgen over Consuela's reactie maakte.

Ze arriveerde in de loop van de middag in het gezelschap van haar schoonzus Hermione in de auto-met-chauffeur van Mortimer Caswell, een limousine met een hoog dak en een afgesloten passagiersgedeelte die de *joie de vivre* van Victors Mercedes miste. Ik stond net met voorman George Smith te praten, toen ik de auto over het diepe karrenspoor vanaf de weg hoorde aankomen, en toen ik hen haastig tegemoet liep, was ik me opeens bewust van mijn haveloze, modderige uiterlijk.

Het was een volmaakte lentedag en Consuela, zoals ze daar lichtvoetig uit de wagen stapte, bleek daar een volmaakte aanvulling op te zijn. De eenvoud van haar kleding was opmerkelijk in dat tijdperk van overdaad: een crèmekleurige rok en jasje met een amper zichtbaar streepje, een lichtgele blouse die bijeen werd gehouden door een broche, een strohoed met een subtiel randje veren, witte handschoenen en een parasol met een kantje; maar geen bontstola, geen sluier en geen opvallende sieraden of andere overbodige opsmuk. Ze glimlachte alsof het haar echt genoegen deed om me te zien en ik kon niet anders dan hopen dat dat zo was.

'Goeiemiddag, meneer Staddon.'

'Goeiemiddag, mevrouw Caswell.' Ik hield haar hand even vast. 'Ik kan u niet zeggen hoeveel plezier het me doet dat u bent gekomen.'

Ze keek me een ogenblik strak aan en zei zacht: 'Dat had ik toch beloofd?'

Op dat moment stapte Hermione uit. Ze droeg een tweed pakje en had een sjaal om haar hoed en kin gebonden; ze scheen geen risico te willen nemen met het grillige aprilklimaat. Ze onderging mijn hoffelijke begroeting met een goedgeluimd ongeduld en wilde vervolgens weten wanneer de rondleiding zou beginnen.

De rondleiding bestond uit pogingen mijnerzijds uit te leggen waar en met welk doel de verschillende vertrekken van het huis zouden worden gesitueerd en hoe de tuin aangelegd zou worden. De bedoeling was het huis op het noorden te bouwen; de oprijlaan zou zich dan langs de boomgaard naar de voorkant slingeren. Achter zouden vijvers en siertuinen komen, met een pergola van blauweregen of clematis die toegang gaf tot een verhoogd pad van flagstones door de boomgaard onder aan de helling. Op de steile grond ten noorden van het huis zouden wildere bostuinen, een ommuurde moestuin, kassen en aan de beschutte oostkant een tuinmanshuisje komen. Het huis zelf zou de vorm van een samengeperste H krijgen, met twee gevels aan de voorkant en vier aan de achterzijde, aangevuld door een vijfhoekige erker, en opzij een combinatie van keukens, stallen en garage. Door de indeling van hal en gangen aan de voorzijde, had ik ervoor gezorgd dat de belangrijkste kamers en slaapkamers een fraai uitzicht op het zuiden hadden. Bovendien zorgde de erker ervoor dat zowel de salon als de belangrijkste slaapkamer een zee van licht zouden krijgen. De bouwmaterialen zouden de plaatselijke zand- en leisteen zijn en het uiteindelijke effect zou een solide gratie uitstralen.

Hoeveel van dit alles tot Hermione doordrong, wist ik niet. Kennelijk gaf ze de voorkeur aan methode boven doel. Tot mijn verrassing vond ze een zielsverwant in Smith en ze overlaadde hem met vragen, terwijl ik Consuela naar de bosrand aan de noordkant van het terrein escorteerde, waar je het fraaiste uitzicht had. We bleven staan onder een baldakijn van kastanjetakken en keken neer op een doolhof van wagensporen en houten looppaden, op de modderige groeven van de bouwvakkers en de zee van appelbloesem erachter: Doaks laatste oogst, die hij nooit zou binnenhalen.

'Ik dacht,' opperde ik voorzichtig, 'dat een tuinhuisje op deze plek misschien…'

'Dat zou perfect zijn,' onderbrak ze me en ze keek me van opzij aan. Vlekjes licht en schaduw deden wel haar gelaatsuitdrukking, maar niet haar schoonheid vervagen.

'Ik ben blij dat het idee u aanstaat.'

'Ik heb de indruk dat al uw ideeën mij bevallen. Victor heeft erg geboft dat hij zo'n begaafde architect heeft gevonden.'

'U overdrijft. Ik doe alleen maar mijn best.'

'Ik wil graag rozen in de tuin,' zei ze. Haar stemming leek opeens omgeslagen. En even plotseling kreeg ik het gevoel dat niets de vervulling van al haar wensen in de weg mocht staan.

'Misschien een prieel,' zei ik, en dacht snel na. 'Of een rozenperk.'

'Die zouden me aan thuis doen denken.' Ze klonk weemoedig en nostalgisch. 'Aan de heerlijke warmte van de Braziliaanse zon.'

'Waar was uw huis, mevrouw Caswell?'

'*A Casa das Rosas*.' Ze glimlachte. 'Het Huis van de Rozen. Rua São Clemente, Rio de Janeiro. Daar ben ik geboren. Mijn vader had het gebouwd toen hij zijn fortuin had gemaakt.'

'Is het net zo mooi als het klinkt?'

Ze gaf geen antwoord en ik kreeg de indruk dat het onderwerp van haar verre woonplaats maar beter met rust gelaten kon worden. Maar ik kon de kans om iets meer over haar te weten te komen toch niet laten schieten. Ik voelde eensklaps de behoefte om haar geheime gedachtewereld binnen te dringen.

'Mist u het erg?'

Ze wendde haar hoofd af en haar gehandschoende vingers omklemden het handvat van haar parasol. 'Hoe lang gaat de bouw van het huis duren, meneer Staddon?' mompelde ze.

'Binnen twee jaar zullen u en meneer Caswell hier wonen.'

'Twee jaar?'

'Dat lijkt natuurlijk een hele poos, maar ik kan u verzekeren...'

Ze hief haar hand op om me het zwijgen op te leggen. 'Dat

lijkt me niet lang.' Haar blik gleed naar de bossen achter ons. 'In zeker opzicht...' Ik wist dat ze haar zin niet af zou maken. Op dat moment leken zich meer verdriet en verlangen in haar samen te ballen dan iemand zou kunnen verdragen, laat staan iemand die zo mooi was als zij.

'Uw schoonzuster wenkt ons, mevrouw Caswell. Misschien moesten we maar teruggaan.'

Consuela keek me even aan met een blik die een intens ongeduld verried over de etiquette die ze verondersteld werd in acht te nemen. Daarna was die blik even snel weer verdwenen, sloeg ze haar ogen neer en speelde er een flauw glimlachje om haar lippen. 'Natuurlijk.' En met die woorden begon ze aan de afdaling.

Een van Angela's irritantste trekjes is haar vermogen om onverwacht van stemming en tactiek te veranderen. Ze kan in een oogwenk van vriendelijk woedend worden en andersom. Als je verwacht dat ze zich als een terriër in een bepaald onderwerp zal vastbijten, legt ze alleen maar totale onverschilligheid aan de dag. Dat laatste was het geval met de krantenverslagen van Consuela's proces. Je zou zeggen dat Angela de berichten helemaal niet had gezien, want ze zei er niets over. Maar op de een of andere manier geloofde ik dat niet.

De tweede procesdag was gewijd aan de getuigenis van de twee mensen die de vermeende vergiftiging hadden overleefd: Marjorie en Victor. Marjorie vertelde hoe ze de bewuste middag met haar dochter uit Ross-on-Wye was teruggekeerd. Ze hadden besloten onderweg bij Clouds Frome langs te gaan. Ze legde er de nadruk op dat Victor – en niet Consuela – hen had uitgenodigd om te blijven theedrinken. Marjorie was niets ongewoons opgevallen in de dingen die er werden gezegd en gedaan. Consuela was wat gereserveerd, maar niet meer dan anders. Marjorie had twee kopjes thee met melk en suiker gedronken en een plakje fruitcake gegeten. Rosemary had ongeveer evenveel gebruikt. Theeservies en toebehoren stonden al klaar toen ze arriveerden en Consuela had hen bediend. Zij had de thee ingeschonken, de plakjes cake gesneden en het aan de gasten overgelaten om zich van melk, citroen of suiker te bedienen. Voorzover Marjorie zich kon herinneren, had Rosemary als eerste suiker genomen. Na ongeveer een uur waren ze weer opgestapt. In de loop van de avond waren ze zich allebei niet lekker gaan voelen. Geen van beiden hadden ze een avondmaal gebruikt. Om tien uur moest Rosemary herhaalde malen hevig overgeven en Marjorie was er vrijwel net zo aan toe. Dokter Stringfellow werd erbij gehaald. Hij maakte zich vooral zorgen om Rosemary's toestand en had voedselvergiftiging als de meest waarschijnlijke oorzaak genoemd. Een telefoontje naar Clouds Frome bracht aan het licht dat ook Victor ziek was, maar Consuela en Jacintha niet...

Dus hun dochter heette Jacintha. De naam klonk net zo mooi als ik had kunnen verwachten. Hij klonk ook meer Portugees dan Engels en daar keek ik van op. Ik had verwacht dat Victor met alle geweld een Engelse naam voor zijn kind zou hebben gewild.

Consuela noch Jacintha was ziek geworden. Op dat onderdeel bleef de officier van justitie maar hameren. Bovendien had Consuela geen moeite gedaan om de hulp van een dokter in te roepen en had dokter Stringfellow vrijwillig aangeboden om linea recta van Fern Lodge naar Clouds Frome te gaan.

Marjorie had haar getuigenis afgesloten met een aangrijpend verslag van Rosemary's laatste levensuren en een eerbetoon aan de 'liefste en loyaalste dochter die een moeder zich maar kan wensen', iets waarvan de rechtbank kennelijk erg onder de indruk was. Of ik dat ook zou zijn geweest, wist ik niet. Het was dubbel merkwaardig om de verklaringen van mensen die ik kende te lezen en toch niet te weten op wat voor manier –

hoe ze keken en klonken – ze die verklaringen hadden afgelegd. Marjorie Caswell had op mij altijd een stijve, onbuigzame indruk gemaakt, maar dat gaf me nog niet het recht om haar de natuurlijke gevoelens van een rouwende moeder te ontzeggen. Het feit dat ik weigerde te geloven dat Consuela tot moord in staat was, was nog geen reden om aan te nemen dat alle mensen die haar beschuldigden, leugenaars waren.

Victors getuigenis zou me evenwel argwanend hebben gestemd, of ik nu al dan niet een persoonlijk belang in de zaak had gehad. Aangemoedigd door de officier legde hij er de nadruk op dat hij er de voorkeur aan zou hebben gegeven niet tegen zijn vrouw te getuigen. (Het recht om geen getuigenis te hoeven afleggen tegen je partner, ging kennelijk niet op als een van de echtelieden werd beschuldigd van een geweldsmisdrijf jegens de ander. Ik begon te vermoeden dat dit achter de toegevoegde beschuldiging van poging tot moord stak. Zonder die aanklacht zou Victor namelijk niet in staat zijn geweest om zijn vermoedens uit te spreken.)

Victor bevestigde in grote lijnen Marjories getuigenis. Wat de gebeurtenissen voor haar aankomst op Clouds Frome betrof, verklaarde hij dat de tafel al was gedekt voordat hij zich bij zijn vrouw in de salon voegde. Vlak daarna had de gouvernante Jacintha naar beneden gebracht. En vervolgens hadden Marjorie en Rosemary zich aangediend. Hij zag geen bijzondere betekenis in het feit dat hij in plaats van Consuela hen had uitgenodigd om thee te blijven drinken. Maar hij was het er wel mee eens dat als ze niet waren gebleven, alleen hij suiker uit het schaaltje zou hebben genomen, omdat zijn vrouw en dochter nooit anders dan citroen in hun thee gebruikten.

Aan het slot van de zitting had de officier van justitie een vitaal onderdeel aangeroerd.

'In een later stadium zullen we vernemen dat de politie bepaalde brieven in het bezit van uw vrouw heeft aangetroffen;

dat wil zeggen: anonieme brieven van het giftigste soort. Die brieven konden haar hebben doen geloven dat u haar ontrouw was. Was er enige aanleiding voor dergelijke suggesties?'

'Absoluut niet.'

'Bent u een trouw echtgenoot en nooit anders geweest?'

'Ja.'

'En meende u gelukkig getrouwd te zijn?'

'Inderdaad.'

Zijn bezwaren om te getuigen hadden een goede indruk op de rechtbank gemaakt, en dat was natuurlijk ook de bedoeling geweest. En wie zou hem tenslotte ook tegenspreken, behalve Consuela, die zwijgend in het verdachtenbankje zat, en ik? Ik wist namelijk dat hij loog. Niet over de brieven, althans, dat wist ik nog niet. Maar wel over zijn huwelijk. Trouw? Welnee. Gelukkig? Van geen kant. Over recente ontwikkelingen op Clouds Frome wist ik net zoveel als de doorsnee krantenlezer. Maar over het huwelijk van Victor en Consuela Caswell wist ik net zoveel als zijzelf.

Gedurende de maanden die op Consuela's eerste bezoek aan Clouds Frome volgden, wijdde mijn bewuste ik zich aan het oplossen van praktische problemen. Grootse ideeën en kunstige ontwerpen zijn altijd overgeleverd aan de genade van weer en wind en menselijk feilen. In die tijd leerde ik een les die ik nooit meer zou vergeten: het succes van een architect hangt af van het heen en weer hollen tussen steengroeven en houtzagerijen, op steigers klauteren, door de modder baggeren en altijd en eeuwig op jacht zijn naar een ongrijpbare uitnemendheid. Ik ben nooit meer zo precies en onvermoeibaar geweest als destijds, toen Clouds Frome – en daarmee ook mijn dromen – op die ongeëvenaarde locatie tussen de bossen en rivieren in de heuvels boven Hereford gestalte begon te krijgen.

Het zal minstens een jaar hebben geduurd voordat ik in de

gaten kreeg hoe onverbrekelijk mijn ambities met betrekking tot het huis waren verweven met mijn gevoelens voor zijn toekomstige bewoners, al zag ik Consuela vaker dan Victor. Zij bracht om de paar weken een bezoek aan het bouwterrein, vergezeld van Hermione, Marjorie, of Victor zelf, of heel soms van Mortimer. Steevast betrapte ik mezelf erop dat ik de vorderingen met Consuela besprak in plaats van met haar metgezel, en steevast doken er dan algauw andere gespreksonderwerpen op, zoals waarom ik architect was geworden en wat zij van Engeland en de Engelsen vond. Ze vertrouwde me een keer toe dat ze tegen mij openhartiger was dan tegen wie ook van Victors familie, en dat het verfrissend was om in het gezelschap te verkeren van iemand wiens horizon verder reikte dan Hereford en de jaarverslagen van de ciderindustrie.

Ik had gedacht dat Victor die eigenschap met me deelde. Hij had zich tenslotte op een ander continent onderscheiden en meer van de wereld gezien en ervaren dan wie ook van zijn familieleden. Maar Consuela liet doorschemeren dat dit merkwaardig genoeg niet het geval was, en ook mij was de rancuneuze, achterbakse kant van zijn karakter niet ontgaan. In veel opzichten was hij de volmaakte cliënt – hij betaalde prompt en was niet lastig – maar hij was ook een van de grimmigste mensen die ik kende: onvoorspelbaar en weinig mededeelzaam zonder een greintje warmte of menselijkheid. Hoe langer ik hem kende, des te minder ik van hem begreep. Hoe langer ik in zijn gezelschap verkeerde, des te meer de lust me daartoe werd ontnomen. Oppervlakkig of van een afstand gezien leek hij misschien een heel aantrekkelijke en inschikkelijke man, maar van dichtbij zag je onder dat vernisje een persoonlijkheid waarin minachting en boosaardigheid met hun eigen oogmerk om de eerste plaats streden. Volgens Hermione, de roddelaarster van de familie, was hij door zijn vader naar Zuid-Amerika gestuurd om zich waar te maken, nadat hij het in de ciderindustrie niet had gered. Aanvankelijk werkte hij in een Braziliaans filiaal van een Londense bank. Ze scheen niet precies te weten hoe hij zich met zo veel succes in de rubberindustrie had gemanoeuvreerd, maar het stond vast dat hij naar Engeland was teruggekeerd met de manier van doen en het geld van iemand die zich had waargemaakt en die niet van plan was iemand dat te laten vergeten. Bij die opzet hoorde ook het wapenfeit dat hij in staat was om een vrouw als Consuela te krijgen en te houden.

Mijn gevoelens voor Consuela maakten verschillende stadia door. Ze begonnen met een onloochenbare aantrekkingskracht. Naarmate ze meer van zichzelf prijsgaf, begon ik vervolgens medelijden met haar te krijgen vanwege het saaie en holle leven dat ze dankzij Victor genoopt was te leiden. Daarna maakte mijn afkeuring voor de manier waarop hij haar behandelde, plaats voor een actieve weerzin. Ik was natuurlijk ook jaloers en er was sprake van gefrustreerd verlangen, maar het was meer zijn heerschappij over haar geest dan over haar lichaam die me echt afschuw inboezemde. In de lente van 1910 begon ik te vermoeden dat het huis dat ik bouwde, weinig anders zou zijn dan een gouden kooi waarin hij haar met meer succes dan ooit op kon sluiten en onder de duim kon houden.

Uit die periode herinner ik me een specifiek voorval dat talrijke redenen voor mijn afkeer van Victor Caswell aan de oppervlakte bracht. De dakbedekkers waren net begonnen met het leggen van de leien dakbedekking en Victor had me laten weten dat hij met een vriend naar de vorderingen zou komen kijken. Het was het soort onderbreking waar ik inmiddels aardig aan gewend was, maar dat ik alleen goed kon velen als Consuela de oorzaak was. Hoe dan ook, toen de Mercedes het pad op kwam ronken en ik hem tegemoet liep, voelde ik een geweldige tegenzin om zo vriendelijk en informatief te zijn als van me verwacht werd.

Victors vriend werd aan me voorgesteld als majoor Royston

Turnbull, hoewel ik me afvroeg wanneer hij voor het laatst een exercitieterrein had gezien. Hij was groot – ruim één meter tachtig – en corpulent, en had zich gehuld in een ruimvallend paddestoelkleurig pak met een paisley vest en een hoed met een enorme rand. Hij rookte een sigaar in een sigarenpijpje en dat riep, in combinatie met de hoeveelheid glimmend goud die hij droeg – horlogeketting, dasspeld en zegelring – eerder het beeld op van een louche Latijns-Amerikaanse zakenman dan van een officier in zelfs maar het meest verloederde regiment. Niet dat hij uiterlijk iets van een Zuid-Amerikaan had. Hij had blond haar, een vlezig, rossig gezicht en fonkelende grijsblauwe ogen. Victor legde uit dat hij een oude kennis uit Zuid-Amerika was. Majoor Turnbull woonde nu in Zuid-Frankrijk en had met alle geweld een bezoek aan Clouds Frome willen brengen tijdens een kort verblijf in Engeland. Ik kan zonder aarzeling zeggen dat ik nog nooit een instinctievere afkeer van iemand heb gehad dan van majoor Turnbull.

Ze hadden Mortimer Caswells zoon Spencer bij zich, die vakantie van de basisschool had. Hij was een tenger joch van een jaar of tien dat veel van zijn vaders zwijgzaamheid had geërfd. Bovendien had zijn gezicht door zijn samengeknepen ogen iets broeierigs, zodat je de indruk kreeg dat hij iets in zijn schild voerde, terwijl hij misschien alleen maar chagrijnig was.

Het zal door mijn beschrijving duidelijk zijn dat geen ander gezelschap bezoekers beter in staat was om mijn toch al keldende humeur te bederven. Victor was – wellicht ter wille van zijn vriend – in een vlotte, opgewekte stemming. Hij stapte rond over het bouwterrein en praatte zo hartelijk met de arbeiders dat ze moeten hebben gedacht dat ze droomden. Hij probeerde zelfs de chagrijnige jonge Spencer op te vrolijken en wilde met alle geweld dat de jongeman hem zou vergezellen op de klim naar het platform van de dakbedekkers.

Zo kwam het dat majoor Turnbull en ik op een paar klapstoeltjes uit de wind en in de zon naast de bouwkeet zaten. We hadden het niet over architectuur, maar tot mijn verbazing over de Caswells. Tegenover iemand aan wie hij maar net was voorgesteld, leek hij bereid de intiemste bijzonderheden over de familie van zijn vriend prijs te geven, een bereidheid die ik aanvankelijk bijzonder onthutsend vond.

'Ze hebben je op Fern Lodge hoog in het vaandel, Staddon.'

'Dat doet me deugd.'

'Niet dat ik je benijd. Voor Victor werken zal wel geen lolletje zijn.'

'Ik heb niet te klagen.'

'Dat zal best.' Hij keek me van opzij aan. 'Zeg eens, wat vind je eigenlijk van hem?'

'Wat vindt ú van hem, majoor? U bent zijn vriend, niet ik.'

Turnbull moest lachen. 'Netjes gepareerd, heel netjes.' Daarna keek hij omhoog naar de steigers om het huis, waar we Victor op een hoog platform zagen lopen met Spencer aan zijn zijde. 'Volgens mij begaat Victor een vergissing door zich hier te vestigen. Een begrijpelijke vergissing, maar toch.'

'Hoe komt u daarbij?'

'Ik ken hem beter dan hij zichzelf kent, Staddon. Ruim tien jaar geleden heb ik hem in Santiago leren kennen. We zaten met zijn tweeën aardig in de penarie, dat wil ik best toegeven, maar het was wel zo'n soort situatie waarin je mannelijkheid op de proef wordt gesteld, dus ik meen te weten uit wat voor hout Victor is gesneden. Reizen en risico. Afwisseling. Daar houdt hij van en die zal hij hier niet vinden. Hij had zijn wortels moeten uitgraven, niet ernaar terug moeten keren.'

'Denkt u?'

'Ja. En hij had vooral Consuela niet moeten meenemen om in zíjn verleden te worden begraven.' Hij keek weer naar mij. 'Ik heb gehoord dat ze grote waardering voor je talent heeft.'

Ik keek hem expres niet aan. 'Gehoord? Van wie?'

'Niet van de dame zelf. Daar is ze veel te voorzichtig voor. Van Victor. Hij heeft het er niet op dat ze zich in uw gezelschap zo vrij voelt. U schijnt een snaar bij haar te raken die hij nooit heeft gevonden.'

'Ik heb geen idee waar u het...'

'Een intellectuele snaar, bedoel ik. Consuela heeft niet alleen een prachtig lichaam, maar ook een uitstekend stel hersens. Niet dat ik jou dat hoef...'

'Ik vind niet dat we op deze manier over mevrouw Caswell horen te praten.' Ik deed verontwaardigd om iedere suggestie van instemming te verdoezelen.

'Misschien niet,' zei Turnbull, niet in het minst uit het veld geslagen, 'maar ik vind dat geen enkel gespreksonderwerp taboe hoort te zijn onder mannen van de wereld. Victor vereist of verwacht geen vrouwen met verbeelding, hij wil alleen dat ze meegaand zijn. Hij is om twee redenen met Consuela getrouwd: om haar te bezitten en om de wereld te laten zien dat hij haar bezit. Haar gelukkig maken staat niet op zijn lijstje.'

'Misschien zou dat wel moeten.' Ik kon mijn tong wel afbijten.

'Het zou natuurlijk niet moeilijk zijn, hè?' Hij klonk opeens zacht en samenzweerderig, alsof hij iets in mijn oor fluisterde, al had hij zich in feite niet verroerd.

'Wat niet?'

'Haar gelukkig maken, Staddon. Wat denk je? Heb jij daar nooit van gedroomd? Ik wel, dat zal ik je ruiterlijk bekennen. Niet alleen vanwege het ultieme genot om haar de fijne nuances van de liefdeskunst bij te brengen, maar...'

'Dit hoef ik niet langer aan te horen!' Ik sprong overeind en keek Turnbull woedend aan. Die nam een trekje van zijn sigaar en glimlachte vriendelijk. 'Hoe durft u zo over mevrouw Caswell te spreken?'

'Doe niet zo op je teentjes getrapt, Staddon. Ik zeg alleen

maar wat jij vaak genoeg gedacht zult hebben.'

'U heeft bepaald niet…'

'Als het bovendien alleen maar om lust ging, zou er toch geen probleem zijn?'

'Waar heeft u het in godsnaam over?'

Hij stond langzaam op en verhief zich in zijn volle lengte; hij stak vijftien centimeter boven mij uit. Toen ik hem aankeek, besefte ik voor het eerst dat alles wat hij had gezegd zorgvuldig overwogen was, dat elke dubbele bodem subtiel gepland was, inclusief mijn reacties. 'Ik bedoel,' zei hij zacht, 'dat de gedachte wellicht bij je is opgekomen dat jij een waardiger levensgezel voor Consuela zou zijn dan Victor ooit zal worden, en zo niet, dan kan die gedachte alsnog de kop opsteken. Je zou natuurlijk gelijk hebben, maar het zou tegelijkertijd uitermate onverstandig zijn. Je zou niet alleen flirten met een grote schoonheid, maar ook met een groot gevaar, en ik zou niet graag denken dat je zoiets louter en alleen zou doen uit behoefte aan een lesje van mij.' En met die woorden gaf hij me tot mijn verbijstering een knipoog.

'Jij had ook moeten komen, Royston!' Het was Victor en hij was al vlakbij. Ik draaide me met een ruk om en zag hem met grote stappen op ons afkomen met de sombere Spencer in zijn kielzog.

'Ik heb hoogtevrees,' antwoordde Turnbull.

'Ik neem aan dat Staddon je aangenaam heeft beziggehouden?'

'Wat je zegt, meneer Staddon en ik hebben een hoogst onderhoudend gesprek gehad, nietwaar?'

'Eh… ja,' mompelde ik.

'We blijken een heleboel met elkaar gemeen te hebben.'

'Kan me niet voorstellen wat,' zei Victor fronsend.

'Dat is een kwestie van filosofie, vriend.'

'Ik weet niet waar je het over hebt, Royston. Het is te hopen dat Staddon je wel begrijpt.'

Maar Victor draaide me geen rad voor ogen. Toen niet en bij een latere gelegenheid evenmin. Hij was jaloers op de achting die ik in de ogen van zijn vrouw had verworven en had Turnbull in de arm genomen om me een waarschuwing te geven. De waarschuwing was voorbarig en daardoor des te kwetsender, maar diep vanbinnen wist ik best dat ze niet helemaal onterecht was. En ik wist ook dat ik er goed aan zou doen om haar niet in de wind te slaan, om allerlei redenen die met gezond verstand te maken hadden.

'Ik zie dat de zaak aardig aan het opwarmen is, meneer Staddon.' Het was de donderdagochtendzitting van het vooronderzoek tegen Consuela in Hereford, en in Londen vond Kevin Loader met alle geweld dat ik de *Daily Sketch* moest lezen om op de hoogte te blijven. 'Vandaag staat er een foto van de verdachte in, wist u dat? Ik schijn gelijk te hebben.'

'Waarover, Kevin?'

'Haar uiterlijk, natuurlijk. Ziet u niet wat ik bedoel?'

Hij duwde de krant onder mijn neus en daar was Consuela's gezicht, weliswaar onscherp, maar ik herkende haar direct. Ze werd door twee vrouwelijke politieagenten de rechtbank ingeduwd en scheen zich amper bewust van de camera, zoals ze dromerig voor zich uit keek en haar gedachten bij allesbehalve het wachtende proces leken. Ze droeg een lange met bont afgezette overjas en een hoed met een brede rand en een veer in de band. Ze zag er magerder uit dan ik me haar herinnerde, maar verder was er in al die jaren weinig veranderd.

'Zo te lezen is de knuppel in het hoenderhok gegooid, daar in Hereford,' vervolgde Kevin. 'De massa schreeuwt om haar bloed en zo. Schokkend, vindt u niet?'

Maar de bloeddorst van de massa was geen nieuws voor me. Of het nu in Hereford of op de Place de la Concorde was, je kon er altijd van op aan dat het slechtste in de mens naar boven kwam. En volgens Kevins *Sketch* waren de mensen die zich tot Consuela's proces aangetrokken voelden geen uitzondering.

Het kleine aantal dat woensdag op de publieke tribune was toegelaten, had de getuigenissen van medici en politiemensen gehoord. Sir Bernard Spilsbury, de beroemde forensische expert van Binnenlandse Zaken, had zijn bevindingen van de sectie op Rosemary Caswell toegelicht. Analyse van de monsters die hij uit haar belangrijke organen had genomen, had voldoende arsenicum aan het licht gebracht om iedereen tijdens de bewuste theevisite op 9 september het leven te kosten. Er was geen enkele twijfel dat zij het slachtoffer van een acute arsenicumvergiftiging was. Wat betreft de urinemonsters van de twee andere slachtoffers die dokter Stringfellow had geleverd: ook daarin was arsenicum aangetroffen, hoewel de hoeveelheid te verwaarlozen was vergeleken met die in het lichaam van de overledene. Op 17 september, vier dagen na de sectie, had hij Scotland Yard en de politie van Hereford van zijn bevindingen op de hoogte gesteld.

Hoofdinspecteur Wright van Scotland Yard had vervolgens de draad opgepakt. Hij was op 18 september naar Hereford gegaan om de leiding van het onderzoek door de plaatselijke politie op zich te nemen. Het was van meet af aan duidelijk dat de theevisite op Clouds Frome de enige gelegenheid kon zijn waarop het arsenicum door alle drie de slachtoffers kon zijn ingenomen. Het onderzoek had zich derhalve op het landhuis geconcentreerd. Door eliminatie had hij vastgesteld dat suiker het enige voedingsmiddel was dat Rosemary, Marjorie en Victor, maar niet Consuela en Jacintha hadden gebruikt. Witte suiker is bij uitstek geschikt om arsenicum in te verbergen. En aangezien Rosemary en Marjorie onverwacht waren gearriveerd ná de veronderstelde vermenging met arsenicum, volgde daaruit dat Victor het slachtoffer had moeten zijn. Rosemary had het eerst suiker uit het schaaltje geschept. Volgens haar moeder nam ze in de regel drie lepels per kopje. Daarom mocht men aannemen dat zij zo onfortuinlijk was geweest om zich van het merendeel van het arsenicum te bedienen, en dat ze vervolgens maar een fractie voor haar moeder en oom had overgelaten.

Omdat Wright geloofde dat Victor het beoogde slachtoffer van de aanslag was, was het dringend geboden om de moordenaar te vinden, want theoretisch kon die elk moment weer toeslaan. Hij had de keukenmeid ondervraagd die het dienblad met de thee had klaargemaakt en de bediende die het naar de salon had gebracht. Geen van beiden had zijn argwaan gewekt. Maar wel het feit dat Consuela alleen in de salon was geweest toen de thee was binnengebracht. Vervolgens had hij een aanvraag tot huiszoeking ingediend in de hoop dat hij een verborgen hoeveelheid arsenicum zou ontdekken, die hem vervolgens naar de moordenaar zou leiden.

De huiszoeking op Clouds Frome had op 21 september plaatsgevonden. In een van de bijgebouwen vond hij een geopend blik onkruidverdelger die Weed Out heette. Tuinman Banyard bevestigde dat het een middel op arsenicumbasis was. Hij kon niet zeggen of er minder in het blik zat dan hij zou verwachten, maar gaf zonder meer toe dat iedereen er makkelijk bij had gekund, omdat de bijgebouwen nooit op slot waren. Later had een politieagente achter in een la op Consuela's slaapkamer een pakketje van blauw papier gevonden met wit poeder dat bij nadere analyse arseenoxide bleek te zijn, plus drie brieven in hun oorspronkelijke envelop, bijeengehouden door een elastiekje. De brieven waren geadresseerd aan Consuela en waren op 20 augustus, 27 augustus en 3 september in Hereford gepost, dus met tussenpozen van een week. Het waren anonieme en volgens een grafoloog met een verdraaid handschrift geschreven brieven die maar één boodschap bevatten, namelijk dat Victor Caswell een verhouding met een andere vrouw had. Desgevraagd ontkende Consuela iets van de gevonden voorwerpen af te weten; ze zou die brieven nooit ontvangen hebben. Wright wees haar erop dat haar ontkenning onhoudbaar was, aangezien de brieven correct waren geadresseerd en afgestempeld, maar ze hield vol dat zij die brieven nooit had gezien. Met het oog hierop en de vondst van het arseenoxide had Wright haar gearresteerd en later op twee punten in staat van beschuldiging gesteld: moord en poging tot moord.

'Ziet er niet best uit, hè, meneer Staddon?'

'Voor wie, Kevin?'

'Consuela Caswell, natuurlijk. Die brieven en dat arsenicum. Motief en methode. Hoe moet ze zich daaruit redden?'

Goeie vraag. Zoals Kevin al zei, zag het er slecht voor haar uit. Erg slecht.

'Weet u wat ik denk, meneer Staddon? Volgens mij hangt ze.'

En waarschijnlijk was dat het moment waarop ik me er voor het eerst van bewust werd wat in feite de inzet van deze hele toestand was. Consuela's leven. Of haar dood.

Ik sloeg de waarschuwing van majoor Turnbull in de wind. Of liever gezegd, ik hield er wel rekening mee, maar het was vergeefs. Wat rationeel is en van gezond verstand getuigt, lijkt dikwijls maar al te onbetekenend in vergelijking met andere dwangneigingen die ons leven regeren. Terwijl de lente van 1910 plaatsmaakte voor de zomer, bleef ik Consuela ontmoeten en werd ik gaandeweg meer verliefd op haar. En het was ook een schitterende zomer. Het werk op Clouds Frome kon ongehinderd zijn gang gaan en dat gold ook voor de band die ik met zijn toekomstige meesteres kreeg en die verdacht veel op liefde ging lijken.

Gelegenheden waarbij ik haar toevallig ontmoette als ik naar Hereford ging, konden niet uitblijven. Dan kwam Consuela net uit een hoedenwinkel als ik uit mijn hotel kwam. Of ik was toevallig op Castle Green als zij haar gewone middagwandeling maakte. Dergelijke toevalligheden maakten deel uit van onze stilzwijgende samenzwering: om elkaar zo dikwijls mogelijk te zien omdat we naar elkaars gezelschap hunkerden, al bekenden we elkaar nooit wat de bron van die hunkering kon zijn.

Maar dat wisten we allebei maar al te goed. En ik denk dat de ware reden waarom we nooit onder woorden brachten wat er met ons gebeurde de – terechte – angst was dat het niet zou kunnen blijven voortduren. Consuela's godsdienst en opvoeding hadden haar bijgebracht dat het huwelijk onherroepelijk was en partners alleen door de dood gescheiden konden worden. Als ze die beginselen ooit de rug toe zou keren, zou ze door kerk en familie worden uitgestoten. Ik, op mijn beurt, kon me goed voorstellen hoe moeilijk het later voor een architect die een cliënt diens vrouw afhandig had gemaakt, zou zijn om werk te vinden.

Victor zelf maakte het me gemakkelijk om mijn gedrag te rechtvaardigen. Naar Consuela toe was hij op zijn gunstigst weinig attent. Maar in het algemeen legde hij een arrogantie aan de dag die aan minachting grensde. Ongetwijfeld achtte hij dat de juiste en gepaste manier waarop een man zijn vrouw aan moest pakken, maar ik dacht daar anders over. In Hermiones regelmatige toespelingen op het feit dat hij teleurgesteld was omdat Consuela hem geen zoon en erfgenaam schonk, zag ik geen rechtvaardiging voor zijn gedrag. Ik had van Consuela gehoord dat het huwelijk al in haar vaders werkkamer was bekonkeld lang voordat zij haar eigen mening te berde kon brengen. De koffieprijs op de internationale markt was al enige jaren aan het dalen en het fortuin van de familie Manchaca de Pombalho nam navenant af. In ruil voor de hand van zijn dochter had Victor Caswell haar vader financiële verlossing geboden: een aandeel in zijn rubberimperium. Consuela had dus te verstaan gekregen dat ze geen nee tegen de verbintenis kon zeggen. Haar familie had haar met een liefdeloos huwelijk in een land dat ze niet kende aan haar lot overgelaten, dus het was geen wonder dat ze zich aangetrokken voelde tot de enige man die haar iets anders dan minachting en onverschilligheid betoonde.

Behalve mij had Consuela nog één andere vertrouwenspersoon: haar dienstmeisje Lizzie Thaxter. Zij was een intelligent en opgewekt meisje uit Herefordshire, dus ze zou waarschijnlijk wel hebben geraden wat er tussen haar meesteres en mij was als het haar niet was verteld, en bovendien hadden de twee vrouwen nooit geheimen voor elkaar. Sterker nog, ik vermoedde dat ze natuurlijke bondgenoten waren vanwege een gedeeld gevoel van onderdrukking. Het duurde niet lang voordat Lizzie onze postiljon d'amour werd: ze drukte bijvoorbeeld een briefje met een tijd en een plek voor een ontmoeting in mijn hand als ik Fern Lodge verliet, of ze bracht een boodschap naar mijn hotel en wachtte dan op antwoord. Het was duidelijk dat Lizzie de Caswells niet mocht en het was net zo duidelijk dat ze genoot van haar geheime rol in onze rebellie tegen de familie. Haar vader en twee broers werkten in de papierfabriek van Marjories broer, Grenville Peto, in Ross-on-Wye, en hij stond bekend als een hardvochtig werkgever. Misschien was dat wel de oorsprong van haar afkeer van de familie. Wat haar werkelijke drijfveer ook was, het stond vast dat Consuela en ik elkaar zonder haar hulp lang niet zo dikwijls hadden kunnen ontmoeten.

En zo gingen de maanden voorbij. De gestolen uurtjes en berekende afspraakjes werden steeds belangrijker voor me. En ik verheugde me gaandeweg minder op de voltooiing van Clouds Frome, die steeds naderbij kwam. Want als het huis klaar was, had ik geen reden meer om naar Hereford te reizen of om bij Fern Lodge langs te gaan, en geen smoes meer om de vrouw van mijn cliënt te ontmoeten of te spreken. Ik had geen idee wat we dan zouden doen en hoe we de crisis waar onze gevoelens ons naartoe hadden geleid, het hoofd zouden bieden.

Eind november 1910 kreeg Consuela bericht uit Rio de Janeiro dat haar vader stervende was. Met Victors toestemming besloot ze onmiddellijk naar haar vaderland terug te keren in de hoop dat ze nog op tijd zou zijn. Haar vertrek werd in allerijl geregeld en ik hoorde het pas daags voor haar vertrek. In een boodschap via Lizzie smeekte ze me om binnen een uur op het pad langs de rivier in Bishop's Meadow te zijn. Ik was niet te laat – te vroeg zelfs – maar Consuela was er al. Ze ijsbeerde op en neer bij een bankje en staarde peinzend naar de kathedraal aan de overkant van de rivier. Toen ze me het nieuws uit Rio vertelde, begreep ik dat dat de reden moest zijn voor haar wanhoop en ik deed mijn best om haar te troosten. Maar ik zou er gauw achter komen dat er meer achter stak.

'Dit bericht over mijn vader heeft me uit een droom gewekt,' zei ze met afgewend gezicht.

'Een droom waarover?'

'Over jou en mij. Over onze toekomst.'

'Is dat een droom?'

'O, jawel. Dat weet jij net zo goed als ik.'

'Consuela…'

'Luister, Geoffrey! Dit is heel belangrijk. Ik ben met Victor getrouwd en niet met jou, hoe graag ik ook zou willen dat het anders was. En jij bent architect en moet aan je loopbaan denken, hoe graag je dat ook zou vergeten. We kunnen niet voorbijgaan aan wat we zijn. Dat kunnen we ons niet veroorloven.'

'Wat mij betreft kunnen we niet voorbijgaan aan wat we voor elkaar betekenen.'

'Misschien zal dat wel moeten.'

'Dat zijn harde woorden, Consuela. Meen je dat echt?'

Nu stonden er tranen in haar ogen. Ze droeg een sluier; natuurlijk in de vergeefse hoop dat die ze zou verbergen. Ik hoopte zelfzuchtig dat ze om ons huilde in plaats van om haar vader.

'Morgen vertrek ik,' zei ze met een zucht. 'Alleen daarom heb ik de moed verzameld om hier een punt achter te zetten voor het te laat is.'

'Wanneer kom je terug?'

'Ik weet het niet. Over zes weken. Twee maanden. Dat is niet te zeggen.'

'Waarom zou je er dan een punt achter zetten? Dan ben ik hier nog.'

'Begrijp je het dan niet?' Haar lippen trilden. Ik begreep het maar al te goed, en het feit dat ik deed alsof het niet zo was, sloeg tegenover haar vastbeslotenheid op mezelf terug. 'Als we onze liefde niet openlijk kunnen belijden, onderdruk ik haar liever. Als we geen man en vrouw kunnen zijn, moeten we helemaal niets zijn.'

'Zelfs geen vrienden?'

Ze glimlachte. 'Vriendschap tussen ons is liefde. En liefde is uitgesloten.'

'En dus?'

'En dus ga ik terug naar Rio, rouwen om mijn vader en mijn moeder troosten. En jij maakt Clouds Frome af en gaat naar je volgende opdracht.'

'Maar...'

Met een gebaar dat me van mijn stuk bracht, hief ze haar gehandschoende hand en drukte haar vingers tegen mijn lippen. 'Niets meer zeggen, Geoffrey, anders zinkt de moed me misschien in de schoenen. Geloof me, dit is het beste.'

Ik schudde koppig mijn hoofd. Ze liet haar hand zakken. Toen liep ze langs me heen en haar blik kruiste voor de laatste keer de mijne. Ik hoorde het geruis van haar rok in de verte verdwijnen en wist dat ik haar misschien nooit meer zou zien. Ik wilde me omdraaien en haar terugroepen met liefdesverklaringen en toekomstbeloften. Maar ik verroerde me niet, ik zei niets. Er waren geen beloften te doen waaraan ik me zeker zou houden; er waren geen geloften af te leggen die ik zeker zou na-leven. Dat wisten we allebei en het was voldoende om afstand tussen ons te scheppen. Voorlopig.

De vierde procesdag was besteed aan het horen van diverse personeelsleden van Clouds Frome. De keukenmeid Mabel Glynn beschreef hoe ze op 9 september 's middags het dienblad voor de thee had verzorgd en de theepot had gevuld. Een vers-gebakken vruchtencake, sneetjes brood met boter, frambozen-jam, thee, melk en… suiker. Dat waren de ingrediënten van de daaropvolgende tragedie. De suiker was uit een pot in het schaaltje geschept en was noch de eerste noch de laatste hoe-veelheid uit die pot. Ze was zich doodgeschrokken toen ze ver-nam dat de suiker waarschijnlijk was gebruikt om het vergif toe te dienen, maar toen was er inmiddels bij verschillende maaltij-den suiker uit dezelfde pot gebruikt, dus kon ze opgelucht con-cluderen dat de fout niet in de keuken had gelegen.

De bediende Frederick Noyce beschreef hoe hij de thee naar de salon had gebracht, waar hij Consuela alleen had aangetrof-fen. Ze had hem bedankt en gevraagd haar man te gaan vertel-len dat de thee gereed was. Zelf zou zij mejuffrouw Roebuck, de gouvernante, via de huistelefoon vragen om haar dochter naar beneden te brengen. Noyce had niets afwijkend in Consuela's gedrag bespeurd. Hij trof zijn meester in diens werkkamer en bracht de boodschap over. Op de terugweg naar de keuken ging de voordeurbel, die de komst van Marjorie en Rosemary aan-kondigde. Hij had hen binnengelaten en was weggestuurd om extra servies en bestek te halen. Toen hij dat bracht, had hij slechts een gezellige familiebijeenkomst gezien. Net als Mabel Glynn was hij verbijsterd toen hij van de vergiftiging vernam, maar hij wist zeker dat hij het suikerschaaltje niet uit het oog had verloren tussen het moment dat hij het dienblad uit de keu-ken had gehaald en in de salon had afgeleverd.

Daarna kwam een bediende wiens naam ik herkende: John Gleasure. Hij was bediende in Fern Lodge, was met Victor mee verhuisd naar Clouds Frome en sindsdien zijn rechterhand geworden. Toen hij van butler Danby hoorde dat zijn meester zich niet lekker genoeg voelde om aan tafel te komen, was hij naar Victors slaapkamer boven gegaan om te zien of hij iets kon doen. Hij had hem ziek aangetroffen en gezien dat hij aanzienlijke pijn leed, maar toen hij dat aan Consuela vertelde, achtte zij het niet nodig om nog zo laat een dokter te waarschuwen. Natuurlijk was dokter Stringfellow dankzij Marjories telefoontje kort daarna toch gekomen. Op een voorzichtige vraag van de officier had Gleasure ondubbelzinnig ontkend dat zijn meester een buitenechtelijke relatie had. 'Uitgesloten, meneer. Daar zou ik zeker van geweten hebben. En dat was niet het geval.'

Tot zover de trouwe lakei. Tuinman Banyard was duidelijk een heel wat minder onderdanig type. In reactie op een suggestie van de rechter dat het onverantwoordelijk was om arsenicum op een onafgesloten plek op te bergen, had hij aangevoerd dat dit een zaak van zijn werkgever was, en die had daar nooit iets over gezegd. Wat betreft degenen die wisten dat hij Weed Out gebruikte, gaf hij toe dat Consuela meer belangstelling voor de tuin had dan Victor. Het kon zelfs zijn dat hij het in een van hun regelmatige gesprekken had genoemd. 'Ik weet niet of ik het heb gezegd, maar ook niet of ik het niet heb gezegd.'

De laatste getuige van die dag was Consuela's dienstmeisje, Cathel Simpson. (Wat was er met Lizzie gebeurd? vroeg ik me af.) Zij was degene die zou moeten weten hoe Consuela op de anonieme brieven had gereageerd, maar ze ontkende categorisch daar iets van te weten en hield bij hoog en bij laag vol dat de brieven en het pakketje arsenicum vrijwel zeker niet in de bewuste la hadden gelegen, toen ze die voor het laatst had geopend om ondergoed van mevrouw te pakken of terug te leggen, wat ze meende daags tevoren nog te hebben gedaan. Voor, tijdens en na de theevisite op 9 september had ze niets ongewoons in Consuela's gedrag bespeurd.

Dat alles was een schrale troost voor Consuela. Geen van de bedienden had kwaad van haar gesproken. Sterker nog, het verslag wekte de indruk dat ze haar allemaal graag mochten. Maar dat deed er weinig toe. Wat er wel toe deed, waren de bewijzen die zich tegen haar hadden opgestapeld. Ze was in haar eentje toen de thee werd gebracht. En ze was in het bezit van brieven die vraagtekens bij de trouw van haar echtgenoot plaatsten. Ze was op de hoogte van het gif in Weed Out en wist hoe makkelijk het was er iets van weg te nemen. En niet alleen waren de brieven bij haar aangetroffen, maar ook een hoeveelheid arsenicum. Ik geloofde niet dat zij een poging had gedaan om Victor te vermoorden, maar het was duidelijk dat de meerderheid van de burgerij van Hereford daar anders over dacht. Een vrouw van Braziliaanse komaf die een poging doet om haar in Hereford geboren echtgenoot te vermoorden en per ongeluk zijn onschuldige nichtje om het leven brengt: het was voldoende om voedsel aan hun ergste vooroordelen te geven. En volgens *The Times* traden die vooroordelen thans aan het licht in de onregelmatigheden die men dagelijks voor de rechtbank kon gadeslaan. Consuela's kansen kelderden. Waar haar gedachten in de eenzame duisternis van haar cel ook mochten toeven, veel hoop kon ze niet meer hebben.

Vlak na Consuela's vertrek naar Brazilië gaf ik me over aan zelfmedelijden. Ik was toen nog te jong om te begrijpen dat de weg naar geluk niet altijd betreden kan worden, en ik was te egocentrisch om te beseffen dat anderen weleens erger konden lijden dan ik. In mijn nuchterder momenten aanvaardde ik de noodzaak van wat Consuela had gedaan wel, maar dergelijke momenten werden overschaduwd door de herinneringen aan haar die ik koesterde: zoals ik haar had zien aankomen over een pad, de klank van haar stem vlak bij mijn oor, de uitwisseling van behoedzame intimiteiten en de omhelzing van broze verwachtingen.

Ik stortte mijn hart enigszins uit in een lange brief aan haar. Ik vroeg me af hoe die haar zou bereiken: in wat voor stemming en omstandigheden in het Huis der Rozen in het verre Rio. Ik verwachtte geen antwoord, want waarschijnlijk zou ze al terug zijn voordat een brief van haar mij kon bereiken, maar toch betrapte ik me erop dat ik elke ochtend mijn post nakeek in de hoop haar handschrift onder een Braziliaanse postzegel te zien.

Ik kon moeilijk aan Victor vragen wanneer hij Consuela terug verwachtte en toevallig vertelde Hermione me dat ze een telegram hadden gekregen met het bericht dat haar vader op 22 januari was overleden. Men nam aan dat ze nog een week of wat na de begrafenis zou blijven alvorens naar Engeland terug te keren. Inmiddels had ik geen flauw idee hoe ik me moest opstellen wanneer ze weer terug was: of ik haar afscheidsinstructies moest gehoorzamen of dat ik moest proberen terug te winnen wat we met elkaar gehad hadden.

Onder de gegeven omstandigheden was het misschien maar goed ook dat ik andere dingen aan mijn hoofd had. Begin februari 1911 was Tom Malahide, een van de timmerlieden van Clouds Frome, gearresteerd wegens medeplichtigheid aan een beroving van Peto's papierfabriek in Ross. Tot mijn verbazing hoorde ik dat zijn handlanger niemand minder was dan Peter, de broer van Lizzie Thaxter. Hij had een paar maanden lang drukplaten voor bankbiljetten gestolen uit de fabriek waar hij als onderhoudsmonteur werkte. Hij gaf ze door aan Malahide, die ervoor zorgde dat ze bij een corrupte graveur in Birmingham kwamen ten behoeve van een potentieel uiterst lucratieve valsemunterij. Willekeurige voorraadsteekproeven in de fabriek hadden de discrepantie aan het licht gebracht en de politie had al snel door dat Thaxter de dief was. Hij en Malahide werden gearresteerd bij een overdracht van platen, en de graveur kort daarna.

Lizzie was met Consuela mee naar Brazilië, wat maar goed ook was, want als ze op dat moment in Hereford was geweest, had Victor haar waarschijnlijk domweg ontslagen omdat ze familie van een van de bendeleden was. Maar in plaats daarvan oefende hij kritiek uit op mij en de aannemer omdat wij verdachte individuen in dienst hadden die zijn goede naam en die van Clouds Frome door het slijk haalden. Het deed weinig ter zake dat Malahide met goede papieren in dienst was genomen. En evenmin dat Peto betere voorzorgsmaatregelen had moeten treffen. Ik moest toch nog het boetekleed dragen tijdens een vreselijke lunch op Fern Lodge waaraan ook Marjories broer aanzat: de woedende fabrikant zelf, Grenville Peto. Er staat me nog afschuwelijk duidelijk voor de geest hoe ik een excuus – waartoe ik niet was verplicht – stamelde tegenover die weerzinwekkende, opgeblazen pad van een man, terwijl Marjorie en Mortimer beschuldigend toekeken en Victor zo gegeneerd zat te kronkelen dat ik wel voelde dat ik daar later voor zou moeten boeten.

Door die episode was ik blij dat het huis weldra klaar zou zijn. Er was inderdaad geen reden waarom het niet met Pasen betrokken kon worden. Ik mocht best in mijn sas zijn met mijn prestatie. Het uiteindelijke beeld voldeed werkelijk aan alle verwachtingen. De stoere gevelspitsen en elegante schoorstenen pasten prachtig tussen de boomgaard en de beboste heuvel. Alles beantwoordde aan de hoogste maatstaven en zelfs Victor moest schoorvoetend toegeven dat het een eersteklas werkstuk was.

Het eerste weekeinde van maart zat ik in mijn appartement in Pimlico te piekeren over het eenzame bestaan dat ik in Londen leidde sinds mijn verplichtingen in Hereford me – zowel professioneel als emotioneel – zo geheel hadden opgeslokt. Het was zaterdagavond en Imry had erop aangedrongen om met hem en zijn fraaie nicht mee te gaan naar het laatste stuk van Somerset Maugham in The Duke Of York's. Maar ik had de uitnodiging afgeslagen, want ik gaf er de voorkeur aan om de plannen van Clouds Frome na te lopen en nog eens na te lopen. Op Victors verzoek had ik opdracht gegeven een aantal foto's te maken en nu ik de afdrukken doornam, kon ik mezelf gerust-stellen. Het huis was precies zoals ik me tweeënhalf jaar daar-voor had voorgesteld op de dag dat ik de locatie voor het eerst had gezien. Het beantwoordde geheel aan mijn verwachtin-gen, dat stond als een paal boven water. Ik had me trots en uit-gelaten moeten voelen. Ik had uit moeten gaan om mijn succes te vieren. Maar in plaats daarvan liet ik me geheel en al in be-slag nemen door dimensie en proportie, zat ik onder fel lamp-licht elke foto te bestuderen op zoek naar de fout in het ont-werp die een stem vanbinnen voorspelde. En ik wist dat ik hem niet zou vinden. Want de fout zat in mij en geenszins in Clouds Frome.

Ik kan me nu nog elke bijzonderheid van die avond herinne-ren, ieder aspect van zijn kleur en zijn schaduw: de paarse greep van de pen waarmee ik schreef, de roodbruine gloed van de whisky in mijn glas, de grijze kringen van de sigarettenrook die naar het plafond steeg en de duisternis van de Londense nacht buiten.

Het was een paar minuten over elf. Dat weet ik nog, want ik keek op mijn horloge, drukte een sigaret uit, masseerde mijn voorhoofd, stond op van de divan en liep naar het raam. De ruitjes waren beslagen: buiten werd het koud. Maar op dat mo-ment was koelte iets waar ik het meest naar verlangde. Ik schoof het raam omhoog en leunde naar buiten in de kille duisternis. Ik haalde diep adem en keek naar de straat beneden.

Ze stond naast een straatlantaarn op de stoep aan de overkant: een tengere, roerloze gestalte die me van beneden recht in mijn gezicht keek. Ik wist zeker dat die gestalte in het zwart die ik zo goed kende, daar al zo had staan kijken voordat ik naar het raam liep. Ik kon slechts gissen wat haar daarheen had gebracht, en naar wat ze dacht, durfde ik niet eens te raden. In haar blik lag iets van onderzoekende twijfel en ook van hoop. Zo bleven we een halve minuut zwijgend naar elkaar kijken: dertig seconden waarin alle weken van haar afwezigheid zich leken samen te ballen. Daarna gebaarde ik dat ik naar beneden zou komen en ik holde naar de deur.

Toen ik het bordes had bereikt, was ze inmiddels overgestoken. Van dichtbij was de zorgelijkheid op haar gezicht onmiskenbaar. Haar donkere ogen speurden mijn gezicht af en haar lippen trilden onzeker. Toen ik een paar treden afdaalde, deed ze een stap achteruit. Haar uitdrukking verried dat er een zekere afstand tussen ons moest blijven, een soort scheidslijn waarover eerst een paar alledaagsheden moesten worden uitgewisseld.

'Ik wist niet dat je al in Engeland was,' zei ik na nog zo'n zwijgende pauze.

'Dat weet niemand,' zei ze nerveus. Ze klonk buiten adem. 'Behalve Lizzie.'

'Weet Lizzie…'

'Van haar broer? O, ja. Vlak voor we vertrokken, kregen we een telegram van Victor. Ik heb haar naar haar familie in Ross gestuurd.'

'Dus je bent alleen?'

'Ja. We zijn vanmiddag aangekomen. Vijf dagen eerder dan ik Victor heb laten weten.'

'Ging de overtocht sneller dan je gepland had?'

'Nee, Geoffrey. Niet sneller dan ik dacht.'

De implicatie raakte me als een hamerslag. Wat was er gebeurd? Wat bedoelde ze? 'Wil je niet binnenkomen?' stamelde ik.

'Dat weet ik niet. Om je de waarheid te zeggen, hoopte ik eigenlijk dat je niet thuis zou zijn.'

'Waarom?'

'Dan had ik namelijk linea recta naar Hereford terug moeten gaan.'

'En wil je dat niet?'

Het antwoord las ik in haar ogen. Ze beklom de treden en kwam naast me staan. Nu had ze haar blik afgewend en was haar stem amper meer dan gefluister. 'Ik heb het tegen mijn moeder gezegd. En ook tegen mijn vader voordat hij stierf: dat mijn leven met Victor een kwelling is, dat ik nooit van hem kan houden en dat hij mij nooit gelukkig zal maken. Ik heb ze gesmeekt om me te helpen, me raad te geven en op zijn minst onderdak te bieden.'

'En?'

'Ze hadden het over plicht. Ze hadden het over hún eer en míjn verplichtingen.'

'Net als jíj toen we elkaar voor het laatst spraken.'

'Ja.' Nu keek ze me wel aan en er viel een straaltje licht van de straatlantaarn in haar ogen onder de rand van haar hoed. 'Maar dat was voordat ik mijn vader had zien sterven en begreep waar zijn filosofie eigenlijk op neerkwam: een plichtsgetrouw sterven en een eervol graf. Dat is niet voldoende, Geoffrey, althans niet voor mij.'

'Consuela…'

'Zeg maar dat ik weg moet gaan als je dat wilt. Zeg maar dat ik naar mijn hotel moet gaan om morgen de eerste trein naar Hereford te nemen. Dan zou je alleen maar de raad opvolgen die ik je zelf heb gegeven. En het was een goed advies, heus waar.'

'O ja? Dat weet ik niet en jij evenmin.'

'Maar we moeten het toch zeker weten? Hoe dan ook.'

In werkelijkheid lag zekerheid buiten ons bereik. Maar geen

van tweeën wilde dat toegeven, want de onzekere toekomstmogelijkheden waren talrijker dan de sterren aan de hemel. 'Kom binnen, Consuela,' drong ik aan. 'Dan kunnen we…'

Net als de laatste keer, drie maanden daarvoor in Hereford, legde ze me het zwijgen op door haar vingers zachtjes tegen mijn lippen te drukken. Maar deze keer zei ze niets, en nu had ze haar handschoen uitgetrokken. De manier waarop ze met haar vingertoppen mijn lippen aanraakte, kwam me opwindender voor dan als ze me een kus had gegeven. Ik pakte haar hand en voerde haar de laatste treden op naar de voordeur.

GIFMOORD IN HEREFORD

Mevrouw Consuela Caswell is gisteren na een vijfdaags gerechtelijk vooronderzoek in Hereford officieel in staat van beschuldiging gesteld wegens moord en poging tot moord. Officier van justitie mr. Hebthorpe vatte de aanklacht samen in een redevoering die twee uur duurde. Hij zette alle bewijzen op een rij en concludeerde dat de zaak tegen mevrouw Caswell prima facie – uitermate sterk – was. Hij zei dat haar jaloezie was gewekt door kwaadwillende suggesties dat haar man haar ontrouw was. Daarna trof ze voorbereidingen om hem op meedogenloze en berekenende wijze te vermoorden, maar was er slechts getuige van hoe de jeugdige en totaal onschuldige nicht van haar man het gif in zijn plaats tot zich nam. Ze deed geen poging om daar een stokje voor te steken en liet juffrouw Caswell een gruwelijke dood sterven. Vervolgens had ze arsenicum apart gelegd voor de dag waarop ze een tweede poging kon doen om haar man van het leven te beroven.

Nadat de rechters zich even in de raadkamer hadden teruggetrokken, kondigde de president aan dat mevrouw Caswell in voorlopige hechtenis moest worden genomen tot

haar zaak voor zou komen. Haar advocaat, mr. Windrush,
gaf te kennen dat ze volhield onschuldig te zijn.
Voor de rechtbank ontsponnen zich heftige taferelen toen
mevrouw Caswell naar het politiebusje werd gebracht dat
haar naar de gevangenis van Gloucester moest vervoeren.
De menigte jouwde en duwde. Er werden voorwerpen ge-
gooid en een ei raakte de arm van mevrouw Caswell. Drie
mensen werden gearresteerd. De oorzaak van de vijandig-
heid jegens haar wordt gezocht in haar buitenlandse komaf
en het feit dat haar schoonfamilie in Hereford hoog aange-
schreven staat.

'Ga je nog naar kantoor vandaag, Geoffrey?'

Het was zaterdagochtend en het was een saaie grauwe dag.
Op Suffolk Terrace viel een lichte motregen. Angela, die nog
steeds met geen woord over het vooronderzoek tegen Consuela
had gerept, keek me aan met die typische blik van haar: spot-
tend en superieur. Anderen zouden het misschien speels genoemd hebben, zoals ook ik in het begin van onze relatie. 'Nee,'
zei ik, terwijl ik een bladzijde van de krant omsloeg.

'Ik heb Maudie Davenport beloofd dat ik met haar mee zou
gaan naar Harrods. De herfstmode is aangekomen.'

'O ja?'

'En Maudie wil de drukte altijd graag voor zijn, dus ik moet
me haasten.'

'Natuurlijk.'

'Wat ga jij doen?' Ze was al halverwege de kamer en mijn antwoord zou toch niet meer tot haar doordringen.

'Van alles.'

'Nou, maak je niet al te druk.'

'Dat beloof ik.' Mijn blik en gedachten keerden weer terug
naar de krant in mijn handen. Ik sloeg terug naar de pagina die
ik zojuist had bestudeerd. *Mevrouw Consuela Caswell is giste-*

ren officieel in staat van beschuldiging gesteld wegens moord en poging tot moord. Dat was natuurlijk onvermijdelijk. Zoveel belastend en onweerlegbaar bewijs. Een andere uitkomst was niet denkbaar geweest. Maar de werkelijkheid had de ergste verwachtingen overtroffen. Een vijandige menigte die had geschreeuwd 'om dat buitenlandse loeder op te knopen'. Een stinkende kwak rot ei op haar mouw als insigne van schande. Vervolgens het gezelschap van twee norse, vrouwelijke cipiers in een hotsend politiebusje dat haar naar de gevangenis bracht. De weerzinwekkende ranzigheid van de hele toestand overspoelde mijn verbeelding. En in het hart van die verbeelding, gefixeerd door mijn herinneringen, lag het contrast dat het allemaal zo moeilijk te verteren maakte.

'*Querido Geoffrey...*' Met die woorden gaf Consuela zich dertien jaar geleden op die bewuste avond in maart voor het eerst aan me over. Haar gefluisterde privé-kooswoordjes, het enige stukje Portugees dat ze zichzelf toestond: '*Querido Geoffrey...*'

Ik had het vuur in de open haard opgepord en het wierp een gouden gloed op de kamer, op heuvels en dalen van het verwarde beddengoed, de bergen kussens en op de ombouw van het bed. En op Consuela. Ze was die ene nacht honderd procent van mij, en dat leek ze tot in alle eeuwigheid te blijven, zo immens en intens was de ervaring voor mij.

'Wat ben je mooi, Consuela. Ik kan het amper geloven.'

'Voor jou, Geoffrey. Het is alleen maar voor jou, allemaal.'

Haar donkere ogen stonden nerveus en onzeker. Haar nog donkerder haar gleed door mijn vingers. Ik voelde haar lippen tegen mijn wang bewegen toen ze fluisterde wat ik wilde horen. Haar handen hielden me vast en streelden me. Over haar huid lag een gouden gloed en hij brandde onder mijn vingers. Onze ledematen verstrengelden zich met elkaar. Onze lichamen werden één. Te veel hartstocht. Te veel extase. Te veel vertrouwen om de tijd te overleven.

'Ik hou van je, Consuela.'

'En ik van jou. Laat me nu niet in de steek, Geoffrey. Niet na wat we nu hebben beleefd.'

'Nooit.' Ik kuste haar. 'Ik zal je nooit verlaten.'

'Ik zou het niet kunnen verdragen.'

'Ik beloof het je.'

'Echt?'

'God is mijn getuige.' Ik kuste haar opnieuw en glimlachte. 'Ik ben voor altijd van jou.'

Drie

Toen de artsen Imry vertelden dat hij een verbetering van zijn gezondheid wel kon vergeten zolang hij zijn longen met de Londense smog bleef teisteren, kocht hij een buitenhuisje in Wendover op de glooiing van de Chilterns, waar hij een kalm bestaan in de frisse lucht leidde en een bescheiden hoeveelheid werk voor de firma deed terwijl hij zijn gezondheid probeerde op te vijzelen. Om de paar dagen hadden we telefonisch contact en we zagen elkaar minstens één keer per maand, dus hij stond allesbehalve buitenspel. En trouwens, al had hij niets voor de firma gedaan, dan nog zou ik zijn raad over andere zaken hebben ingewonnen.

Want Imry is mijn beste en meest hechte vriend, een zeldzaam juweel in het slijk der mensheid: een oprecht goed mens. Hij is nooit neerslachtig, nooit verwijtend en nooit minder dan bekenden hem hopen te vinden. Hij beseft dat hij nooit verlost zal zijn van de effecten van het mosterdgas dat hij in 1916 heeft ingeademd en dat zijn toestand naar alle waarschijnlijkheid langzaam maar zeker achteruit zal gaan, al zal hij dat zichzelf noch anderen toegeven. Hij treedt alle tegenslagen van het leven opgewekt en uitdagend tegemoet.

Die zaterdag in oktober jongstleden toen mijn vrouw en Maudie Davenport hun jurken van tweehonderd gulden gingen uitzoeken bij Harrods, waren er twee redenen waarom ik behoefte aan Imry's gezelschap had. Ik moest met iemand over Consuela's vreselijke situatie praten. Ik moest mezelf ervan overtuigen – of overtuigd worden – dat ik niets kon doen om haar te helpen. Imry was de enige persoon tot wie ik me kon wenden, de enige persoon die ik kende die zowel vriend als belangeloos was. En hij had nóg een voordeel. Alleen hij wist hoe ik Consuela in het verleden had verraden.

Ik was rond lunchtijd in Wendover en volgde de bekende route vanaf het station langs een slingerend weggetje omhoog naar Sunnylea, Imry's half uit hout opgetrokken bungalow. Zijn huishoudster was er en bood aan ook voor mij te koken. Mijn vriend trof ik in een bijgebouwtje waar hij bollen in potten plantte en aan de pijp lurkte die ik hem had aangeraden op te geven. Sinds hij uit Londen was vertrokken, had hij de geneugten van het tuinieren ontdekt en als je hem de kans gaf, trakteerde hij je regelmatig op colleges over de wonderbaarlijke hoedanigheden van zelfgekweekte groente. Maar ik liet me geen moment in de luren leggen door die rol van zorgeloos buitenmens. Hij zag er nog steeds magerder uit dan hij hoorde te zijn en zijn borst was nog altijd ingevallen; hij was nog steeds constant buiten adem en als er iets gegraven of opgetild moest worden, werd er iemand anders ingeschakeld.

'Hallo, Geoff. Prettig om je weer eens te zien.' In de warmte van zijn stem en glimlach lag de verzekering dat zijn woorden gemeend waren.

'Hallo, Imry. Hoe is het?'

'Helemaal niet slecht. Heeft mevrouw Lewis je al een lunch aangeboden?'

'Ja.'

'Prima.' Hij begroef de laatste bol en keek me aan. 'Waaraan dank ik het genoegen, Geoff? Dit bezoekje stond niet op het programma.'

Ik grijnsde. 'Zomaar spontaan.'

'Heus? Niet zomaar vanwege iets anders?'

Ik haalde mijn schouders op. 'Zoals wat?'

Hij liep naar de andere kant van de schuur en trok een krant uit een stapel onder een kapotte zeef. Daarna sloeg hij hem open op een bepaalde bladzijde en gaf hem aan mij. Het was de *Daily Telegraph* van woensdag met een opvallend verslag van Consuela's tweede procesdag.

'Aha,' zei ik zwakjes.

'Wil je het daarover hebben?'

'Ja, heel graag eigenlijk.'

Na de lunch bespraken Imry en ik de zaak voor de open haard met een pul van een of ander plaatselijk bier waar hij dol op was. In de eerste plaats was het al een hele opluchting voor me om erover te praten, maar toen die hindernis eenmaal was genomen, lag er weer een andere. Had ze het nou gedaan of niet?

'Het was maar een vooronderzoek,' zei Imry. 'De verdediging is nog niet aan het woord geweest.'

'Maar als er sprake was geweest van een overtuigend antwoord op de tenlastelegging, zou haar advocaat dat toch hebben gegeven?'

'Het is duidelijk dat hij niet dacht haar voorarrest te kunnen voorkomen, dus had het geen zin om zijn troeven uit te spelen.'

'Dat klinkt alsof men zich aan strohalmen vastklampt.'

'Bedoel je dat je denkt dat ze schuldig is?'

'Wat moet ik anders denken? Jij hebt de bewijsvoering net zo goed gelezen als ik. Voor wie haar niet kent, staat haar schuld zo goed als vast.'

'Daar heb je natuurlijk gelijk in. De stamgasten van de White Swan hebben haar al veroordeeld. Zelfs mevrouw Lewis heeft haar duit al in het zakje van de schuldigverklaring gedaan.'

'Nou dan?'

'Het vonnis van Jan Rap doet toch amper ter zake? Ik wil geen oude wonden openrijten, Geoff, maar jij kent de dame in kwestie toch? En haar man? Wat denk jij? Wat denk jij nou echt?'

Ik dacht even na en zei: 'Het is niet ondenkbaar dat Consuela

Victor naar het leven staat. Als er één man is die in staat is zijn vrouw zo ver te krijgen dat ze hem wil vermoorden, is het Victor Caswell wel. Maar van vergiftiging kan geen sprake zijn. Daar is ze niet wreed of berekenend genoeg voor. En dan is er nog iets wat ertegen pleit. Die anonieme brieven die suggereren dat hij een affaire zou hebben.'

'Wat is daarmee?'

'Dat zou haar niets hebben kunnen schelen, Imry. Geen laars.'

'Geen jaloezie? Geen kwaadheid?'

'Niets. Je kunt niet jaloers zijn op iemand van wie je walgt.'

'Maar je hebt geen van beiden in ruim tien jaar gezien. Zou het niet kunnen…'

'Dat ze veranderd zijn? Nee. Daar geloof ik niets van.'

'Dus hoe zou jij die omstandigheden dan verklaren?'

'Niet dus. Dat kan ik niet. Daar gaat het 'm juist om. Ik weet niet voldoende om wat dan ook te verklaren.'

'Maar je vraagt je af of je erachter moet zien te komen?'

'Ja.'

'Hoe?'

'Door met een aantal getuigen te praten, denk ik.'

'Of met Consuela?'

'Daar heb ik ook aan gedacht.'

Imry boog zich naar voren om het vuur op te porren. 'Denk je dat ze je wil zien?'

'Na wat ik heb gedaan, bedoel je? Nee, waarschijnlijk niet. Misschien dat het mijn geweten sust, maar het kan net zo goed zijn dat het haar ellende alleen maar aanwakkert. Bovendien zal haar advocaat ongetwijfeld weten wat hij doet. Hij zal zijn verdediging ook wel zonder mijn hulp rond krijgen.'

'En als Angela erachter komt dat je haar tracht te helpen?'

'Dan zijn de rapen gaar.'

'Dus is er alles voor te zeggen om je afzijdig te houden.'

'Ja. Dat is het verstandigst. Het is ook de weg van de minste weerstand. Maar is het de juiste weg?'

'Ik weet het niet, Geoff. Ik weet het echt niet. Als ik het zou weten, zou ik het je vertellen.'

'Waarschijnlijk hoopte ik...'

'Dat ik een pasklaar antwoord zou hebben? Sorry, ouwe jongen. Dit dilemma kun jij alleen maar oplossen.'

Ik grijnsde quasi-zielig. 'Misschien had ik het al langgeleden moeten oplossen.'

Imry knikte. 'Daar zeg je misschien een waar woord.'

Wat wist ik eigenlijk van Consuela? Wat wist ik van de vrouw aan wie ik ooit liefde en trouw had gezworen? Natuurlijk niet meer dan wat ze me zelf had verteld. Alleen wat ze me had laten begrijpen.

Ze was op 3 augustus 1888 in Rio de Janeiro geboren, als jongste van de zeven kinderen van Luís Antônio Manchaca de Pombalho, een rijke koffiehandelaar en reder. Ze had drie zusters, maar kennelijk kon geen van hen de onthutsende schoonheid van de jonge Consuela Evelina evenaren. Op haar achtste was ze naar het Collège de Sion in Petropolis gestuurd om door Franse nonnen te worden geschoold en gevormd. Vroomheid, decorum, toewijding, verfijning en beleefdheid. Die werden haar ingegeven, tezamen met de Franse en Engelse taal en literatuur, die oneindig veel hoger stonden aangeschreven dan die van haar geboorteland. Het was een regime dat bedoeld was om haar klaar te stomen voor een huwelijk op jonge leeftijd en een gezeglijk moederschap.

In 1905 namen haar moeder en een van haar broers haar voor een halfjaar mee naar Parijs om de laatste hand te leggen aan haar omgangsvormen in een cultureel hoogstaande samenleving. Bij terugkeer merkte ze dat er een nieuwe figuur op het toneel van haar vaders zakelijke leven was verschenen, een Engelsman die Victor Caswell heette. Hij had volgens geruchten een fortuin vergaard in de rubberplantages van Acre, waarvan hij uitgestrekte delen bezat. Victor bemoeide zich vanaf dat moment niet alleen met het financiële reilen en zeilen van Consuela's familie, maar maakte Consuela ook het hof. En toen Consuela zo gemakkelijk een passende partner aangeboden kreeg, had ze het gevoel dat louter het feit dat ze hem niet mocht, onvoldoende reden was om nee te zeggen. Ze trouwden in oktober 1907 in Rio de Janeiro.

Binnen enkele weken deed Consuela drie ontstellende ontdekkingen. In de eerste plaats dat ze niet in staat was haar man seksueel te bevredigen. In de tweede plaats dat hij er geen been in zag om voor die bevrediging zijn toevlucht te nemen tot dure hoeren, waarvan het in Rio wemelde. En in de derde plaats dat hij zich zo gauw mogelijk in Engeland wilde terugtrekken. Hij zou haar meenemen en haar aldus scheiden van haar vrienden en familie, die haar enige troost waren.

Ik kan alleen maar gissen naar de troosteloosheid die Consuela moet hebben overvallen toen ze aan het eind van de winter van 1908 haar intrek moest nemen in Fern Lodge in Hereford en werd voorgesteld aan de familie waarvan ze ongewild lid was geworden. Na de bruisende kleuren van Rio moesten de Caswells ondraaglijk saai en geborneerd op haar zijn overgekomen. Het mag geen wonder heten dat ze zich in stilte doodongelukkig voelde en een paar maanden later totaal onverschillig reageerde op Victors aankondiging dat hij een landhuis zou laten bouwen waarin ze konden wonen.

Vervolgens stapte ik op een middag in november haar leven binnen, de nederige jonge architect uit Londen die door haar man in dienst was genomen. Wat er gebeurde nadat de vonk van de wederzijdse aantrekkingskracht was overgesprongen, was onvermijdelijk. Ik was weliswaar geen toonbeeld van deugdzaamheid, maar beschikte wel over voldoende fatsoen en gevoeligheid om haar huwelijk met Victor nog een grotere kwelling te doen lijken dan daarvoor. Wat mij aanging waren Consuela's schoonheid – haar broze noblesse en haar hunkering naar liefde en vrijheid – onweerstaanbaar. En zo bonden we in de loop van meer dan twee jaar met succes de strijd aan met behoedzaamheid, verlegenheid, twijfel, fatsoen en zelfs gezond verstand, en uiteindelijk werden we minnaars.

Op zondagmorgen 5 maart 1911 ontwaakten Consuela en ik als minnaars in mijn appartement in Pimlico. Om haar op dat moment in mijn armen te vinden, leek nog wel een groter wonder dan de avond tevoren. Ik liet haar dommelen en liep naar het raam, trok de gordijnen open en keek naar de skyline van de stad. Wat was ik gelukkig, trots en dronken van liefde. Ik had de ramen wel open kunnen gooien en het triomfantelijk van de keurige en fatsoenlijke daken willen schreeuwen. Ik had de wereld wel toe kunnen schreeuwen dat Consuela van mij was en nooit meer van iemand anders. Maar het was al voldoende om over mijn schouder naar het bed te kijken waarin zij lag: haar zwarte haar lag als een waaier over het lichte kussen uitgespreid en ik zag haar volmaakte schouder en zijkant van haar lichaam waar ik het laken had teruggeslagen.

Ze bewoog zich en stak een hand naar me uit; toen ze me niet voelde, richtte ze zich op één elleboog op, deed haar ogen open en glimlachte toen ze me bij het raam zag staan.

'Dus je bent er toch.'

'Wat dacht je.'

'Ik dacht... even... dat je misschien...'

'Weg zou zijn?' Ik liep terug naar het bed en ging naast haar zitten. 'Rare. Wat een gekke gedachte.'

'Ja? Een van ons tweeën zal vroeg of laat op moeten stappen. Als jij dat niet bent, zal ik het zijn.'

'Om waarnaartoe te gaan?'

'Hereford. Je weet best dat ik terug moet.'

'Moet dat echt?' Ik boog me naar voren en gaf haar een kus.

'Als ik bij hem weg wil, vergt dat voorbereiding. Dan moet het zo geregeld worden dat hij er geen stokje voor kan steken.'

'Ik doe alles wat je van me verlangt. Alles… om jou van mij te laten zijn.' Mijn hand gleed omlaag naar haar borst.

'O, Geoffrey, kon het maar altijd zo zijn.'

'Dat kan. En het zal gebeuren ook.'

Die schijn had het toen althans. Toen we elkaar die vroege ochtend omhelsden en onze lichamen in het bleke ochtendlicht nogmaals één werden op de verfomfaaide lakens, scheen er geen genot dat we elkaar niet konden schenken, geen vreugde die we niet konden delen en geen hoop die we niet konden vervullen.

'Wat moeten we doen, Geoffrey?'

Haar hoofd lag op mijn schouder en haar haar kriebelde mijn wang. Het morgenlicht op het plafond boven ons was sterker geworden en buiten klonken de kerkklokken in de kalme zondagochtendlucht. Toen ik me omdraaide om haar te kussen, zag ik dat haar ogen peinzend stonden: er lag een ernst in die ik nog niet eerder had gezien.

'Alles wat ik de vorige keer heb gezegd is nog altijd waar, weet je.'

'Maar we hebben elkaar nu met hart en ziel trouw gezworen, Consuela.'

'Ja. Daarom vraag ik het ook: wat moeten we doen?'

'Jij moet hem verlaten. Van hem scheiden. Ik neem alle schuld wel op me.'

'Dat kun je niet. Ik ben een getrouwde vrouw. En mijn godsdienst erkent echtscheiding niet. Dus de schuld komt helemaal op mijn schouders terecht, begrijp je?'

'Kun je dat aan?'

'Met jouw hulp wel, denk ik. Maar het zal niet eenvoudig zijn. Het heeft geen zin om te doen alsof het van een leien dakje zal gaan. Mijn familie zal me onterven. Ik zal geen rooie cent meer hebben.'

'We kunnen van mijn inkomen leven.'

'Ja? Hoeveel werk zul jij nog krijgen als Victor je goede naam en reputatie via de rechtbank door het slijk heeft gehaald?'

'Voldoende.'

'Geloof je dat echt?'

'We kunnen naar het buitenland gaan. In het hele Britse rijk zijn posities voor architecten te vinden. Canada. Australië. Zuid-Afrika. India. Landen waar ons verleden niemand iets kan schelen, noch waar een scheiding tegen ons gebruikt zal worden.'

'Ja.' Ze staarde in de verte. 'Dat zouden we natuurlijk moeten doen.'

'Dat gáán we ook doen, Consuela.'

Ze keek me weer aan. 'Wanneer?'

'Zo gauw mogelijk.'

'Maar wanneer is dat? Als ik weer bij hem ben, zal elke seconde een kwelling zijn. Als zijn ogen op me rusten, als zijn handen me…'

Ik legde mijn vingers tegen haar lippen. 'Niet zeggen. Dat is te erg om bij stil te staan.'

'Maar dat krijg ik straks wel te verduren.'

Ik haalde diep adem, staarde naar het plafond en moest mijn uiterste best doen om de naakte feiten van onze situatie onder ogen te zien. 'We moeten naar het buitenland. Een andere keus is er niet. Dan kan hij hoog of laag springen, maar ons niet raken. Maar het zal niet meevallen om elders te beginnen. Ik heb een paar contacten en een beetje geld. Maar niet voldoende. Victor is me nog het grootste deel van twee jaar honorarium schuldig, maar die kan ik niet verlangen voordat Clouds Frome is opgeleverd.'

'Bedoel je dat we moeten wachten tot Victor je heeft betaald?'

'Ja. Dat spijt me, dat spijt me heel erg. Ik wil niet eens dat je één enkele nacht naar hem teruggaat. Maar onze hele toekomst staat op het spel. We moeten niet alleen naar ons hart luisteren maar ook naar ons verstand.'

'Hoe lang?'

'Ik kan de aannemer onder druk zetten om het huis binnen een maand op te leveren. Maar er duiken natuurlijk allerlei kleine problemen op, dat is altijd zo en die moet de aannemer zelf oplossen. Het zou verdacht zijn als ik om mijn honorarium zou vragen voordat alles rond is. Zeg maar nog een maand. En het kan best zijn dat Victor niet meteen over de brug komt. Maar eind mei, *deo volente…*'

'Eind mei? Dat lijkt wel een eeuwigheid.'

'Nee, Consuela, de eeuwigheid is wat wij daarna zullen hebben. Zijn drie maanden te veel gevraagd voor de rest van ons leven samen?'

Ze kuste me. '*Querido Geoffrey*. Voor drie maanden kan ik wel moed houden, langer ook als dat nodig mocht zijn. Maar als het wachten voorbij is, kom je me dan halen?'

'Ja, mijn lief. Daar hoef je geen moment aan te twijfelen.'

Toen Consuela en ik die middag op het station van Paddington uit elkaar gingen, waren de plannen gemaakt en was de toekomst uitgestippeld. Alleen de gedachte dat onze scheiding deel uitmaakte van een grootse strategie, maakte haar draaglijk, en zelfs dan nog maar net. Totdat Clouds Frome opgeleverd en mijn honorarium betaald was, zou Consuela zo goed en zo kwaad als het ging de meegaande echtgenote spelen en ik zou de rol van plichtsgetrouwe architect blijven vervullen. Er doemden maanden van gespannen kwelling voor ons op, maar we hadden allebei het volste vertrouwen dat we die dankzij de beloning die zou volgen, wel zouden kunnen overleven.

Niet dat we gedoemd waren om het in de tussentijd zonder elkaars gezelschap te stellen. Gedurende de weken die volgden was ik dikwijls in Hereford en vaak op bezoek bij mijn cliënt om verslag uit te brengen over de voltooiing van zijn nieuwe huis. Ik vuurde de schilders en elektriciens aan om hun werk voortijdig af te krijgen. In bepaalde opzichten had ik er de voorkeur aan gegeven om Consuela helemaal niet te zien. Haar in de salon van Fern Lodge ontmoeten om platitudes over het weer uit te wisselen, terwijl de herinnering aan alles wat we hadden gedaan nog zo vers in mijn geheugen lag, was een pure kwelling. En ik had Clouds Frome tenminste nog ter afleiding. Voor Consuela was het hele toneelstuk onbarmhartig en de spanning eindeloos. We bleven via Lizzy Thaxter communiceren. Haar broer zat inmiddels in het huis van bewaring in afwachting van zijn proces. Ze sprak er nooit over met mij, maar het was duidelijk dat ze onder aanzienlijke druk leefde. Ik hoorde dat Victor met alle geweld wilde dat ze haar broer afzwoer en dat hij haar niet toestond enig contact met hem te hebben, als ze haar betrekking tenminste wilde houden. Het waren harde voorwaarden, maar ze had zich verplicht gevoeld ze te accepteren omdat Grenville Peto haar vader en haar andere broer in het kielzog van Peter Thaxters arrestatie had ontslagen, en Lizzies bijdrage derhalve van cruciaal belang voor de overleving van de familie was. Ze bracht me brieven van Consuela en nam mijn antwoord mee terug. Op die manier konden we elkaar bij tijd en wijle ontmoeten zonder dat Victor of een andere Caswell erbij was en konden we elkaar onze liefde herbevestigen en het over de toekomst hebben.

Victor en Consuela betrokken Clouds Frome op 12 april. De voorzorgsmaatregelen die ik in acht had genomen en de kosten waar ik Victor op had gejaagd, werden beloond met minder problemen dan ik misschien had gevreesd. Maar er moesten nog altijd een garage afgebouwd, een oprijlaan aangelegd en een muur om de moestuin opgetrokken worden. Daarom had Victor geen haast om zijn schulden bij mij of de aannemer te voldoen en ik kon niet riskeren zijn argwaan te wekken door op betaling aan te dringen. Af en toe verbeeldde ik me, door de manier waarop hij sprak of naar me keek, dat hij iets van de waarheid vermoedde, en ik wist dat onze enige hoop in de beteugeling van ons ongeduld school.

Mijn schatting dat er eind mei een eind aan ons hoopvolle wachten zou komen, bleek optimistisch. Een paar weken uitstel was onontkoombaar ten gevolge van vocht in een schoorsteenmantel in de eetkamer. Eerst leek Consuela door het nieuws de wanhoop nabij en liet ze haar teleurstelling in een lange, geëmotioneerde brief de vrije loop. Maar toen het me was gelukt een ontmoeting te regelen, had ze zich alweer bij de situatie neergelegd en uit haar reserves aan geestkracht een mate van zelfbeheersing geput die onder de gegeven omstandigheden buitengewoon was. Onze enige troost was dat het herstelwerk betekende dat ik Clouds Frome ettelijke malen moest bezoeken. Tijdens die bezoekjes bleek het altijd mogelijk een paar vluchtige minuten met haar alleen door te brengen.

Maar deze steelse momenten waren niet meer dan kwellende glimpen van de intimiteit waarop we ons verheugden. Half juni was ik eindelijk zover om een definitieve afrekeningsnota in te dienen. Ik zag geen reden waarom Victor over details zou vallen en kon me moeilijk voorstellen dat hij niet binnen enkele weken over de brug zou komen. Eensklaps was het einde in zicht, het einde dat tevens het begin van mijn toekomst met Consuela zou zijn.

Maar de wereld gaat natuurlijk gewoon zijn eigen gang, ongeacht individuele beproevingen en crises. In juni 1911 waren de meeste Londenaars in de greep van de kroningskoorts en naarmate de grote dag naderbij kwam, leek het wel het enige wat de mensen bezighield. Ik had geen belangstelling voor al die pracht en praal en kreeg een paar dagen ervoor tot mijn verbazing een brief van Consuela waarin ze schreef dat ze van plan was met Marjorie, Hermione en de familie Peto voor de gelegenheid een bezoek aan Londen te brengen. Een cliënt van Caswell & Co. had hen kennelijk uitgenodigd om de koninklijke stoet gade te slaan van de hoogste verdieping van zijn kantoor in Regent Street. Toen ik verder las, begreep ik haar enthousiasme voor het reisje wat beter. Ze was van plan in de menigte te verdwalen als ze naar Regent Street gingen, de dag bij mij in Pimlico door te brengen en later weer in het hotel op te duiken. Het was een verrukkelijk vooruitzicht, want we hadden sinds begin maart geen gelegenheid meer gehad om ons in elkaars gezelschap te ontspannen. Wat mijn werk betreft, was het al duidelijk dat er op zo'n dag toch niets gedaan kon worden. Zo zou Imry ongetwijfeld ergens in de menigte op The Mall met een miniatuurversie van de Engelse vlag staan zwaaien. Misschien hadden we in het zicht van de haven, toen de grootst mogelijke voorzichtigheid geboden was, niet zo'n groot risico moeten nemen, maar we hadden al te lang de begeerde intimiteit moeten missen. Geen van ons beiden had de moed die kans te laten lopen.

'*Querido Geoffrey.* Hou me dicht tegen je aan. Zo dicht tegen je aan dat ik misschien vergeet hoe de afgelopen drie maanden zijn geweest.'

'Het spijt me dat het zo lang heeft moeten duren. Het spijt me zo verschrikkelijk.'

'Zeg dat het bijna voorbij is.'

'Dat is het.'

'Wanneer kunnen we bij elkaar zijn zonder de noodzaak van al die intriges?'

'Een paar weken nog, niet langer. Zodra hij me heeft betaald.

We gaan naar Frankrijk tot de gemoederen tot rust zijn gekomen. We brengen de wittebroodsweken in Parijs door.'

'En dan?'

'Daarna kunnen we gaan en staan waar we willen, schat.'

'Je had het over contacten.'

'Maak je geen zorgen. We zullen niet van honger omkomen.' (Ik vertelde Consuela niet dat de paar kennissen aan wie ik het idee om in het buitenland te beginnen had voorgelegd, me dat sterk hadden afgeraden. Waarom weggaan als je bedje in Engeland gespreid is, was het unanieme oordeel. Imry had ik nog niet eens verteld wat er op mijn hart lag.)

'Het zou me niet eens kunnen schelen als we wel van honger omkwamen. Dat zou beter zijn dan de leugen die mijn leven nu is geworden. Elke dag, elke minuut die ik met hem doorbreng, moet ik iets verbergen, moet ik de schijn ophouden, moet ik liegen en bedriegen. Hij is geen goed mens, maar soms denk ik weleens dat hij niet zo slecht is dat hij dit allemaal verdient. Ik wou...'

'Wat?'

'Ik wou dat we zijn geld niet nodig hadden.'

'Het is geld waar ik voor heb gewerkt, Consuela. Het is geld dat hij me schuldig is.'

'Dat weet ik wel. En toch... Hij zal ons achtervolgen. Dat weet ik. Stel dat hij ons vindt?'

'Dat lukt hem niet.'

'Maar stel?'

'Hij kan ons op geen enkele manier de voet dwars zetten, Consuela. Hij kan me natuurlijk vervolgen, maar meer ook niet. Hij kan alleen zijn toevlucht nemen tot de wet. En dat kunnen we wel aan.'

'Ik weet dat je gelijk hebt, maar soms denk ik...'

'Probeer er niet te veel aan te denken. Hou het nog eventjes vol.'

Er was die dag iets wat anders was aan haar, iets nerveus, als- of ze voelde dat er op de valreep nog een spaak in het wiel gesto- ken zou worden. Ze beefde toen ik haar streelde, en ik kon het niet doen stoppen. Ik leek haar op geen enkele manier gerust te kunnen stellen, en zorgelijk als ze was, kon ik haar niet berei- ken. De eerste keer had ze zich zonder terughouding aan me ge- geven, maar nu was ze geremd en dat drukte een stempel op ons liefdesspel. Erna moest ze huilen, maar ze wilde niet zeg- gen waarom. Daarna kleedde ze zich eerder aan dan nodig scheen en ging ze naar haar hotel.

In de eerste week van juli kreeg ik een cheque van Victor die mijn honorarium volledig dekte. Hij ging vergezeld van een uit- nodiging voor een house-warming party op Clouds Frome op vrijdag de veertiende, en om dat weekeinde te blijven logeren. Met de volgende post kwam een brief van Consuela die schreef dat ze wist van Victors uitnodiging en ze drong erop aan dat ik kwam. Ze stelde voor dat we tijdens het weekeinde na het feest een kans zouden krijgen om onze vlucht voor te bereiden. Ze smeekte me ook om haar opgelatenheid tijdens onze laatste ontmoeting te vergeven, en ze schreef die toe aan de spanning van het langdurige gehuichel.

Ik vroeg me af wie er nu de echte huichelaar was, Consuela of ik? In werkelijkheid had ik niet verdergekeken dan het verruk- kelijke vooruitzicht om haar voor de rest van de zomer mee naar Parijs te nemen. Mijn pocherige plannen voor een nieuw leven op een ander continent waren niet verder gevorderd dan toen ik er voor het eerst over had gesproken.

Imry had ik evenmin nog verteld dat hij op het punt stond zijn vennoot kwijt te raken en dat zou ik eerdaags wel moeten doen. Hoe langer ik het uitstelde, des te minder opzegtermijn hij zou hebben en des te onverstandiger mijn stap zou lijken. Maar uitstel leek wel het enige waartoe ik in staat was. Als ik aan

Consuela dacht – aan haar schoonheid, haar eenvoud en haar vertrouwen in mij – dan leek de weg vooruit duidelijk. Maar als ik dacht aan alles wat we ons op de hals zouden halen – schande, ontbering, verbanning en veroordeling – dan zonk de moed me in de schoenen.

Op woensdag 12 juli – slechts twee dagen voor het feest op Clouds Frome – had ik een afspraak met hotelier Ashley Thornton op zijn kantoor in Piccadilly. Ik nam aan dat hij wilde praten over uitbreiding of verbouwing van een van zijn hotels, hoewel mijn gedachten toen te zeer in beslag werden genomen om er lang bij stil te staan. Met het oog op mijn voornemens had ik die afspraak aan Imry over moeten dragen, maar daardoor zou ik gedwongen zijn om hem van mijn plannen te vertellen. Aldus bevond ik me de bewuste ochtend in Thorntons kantoor, dat op Green Park uitzag. Het was bloedheet, ik was afwezig en moest mijn uiterste best doen om me te concentreren.

Thornton was een kwiek, vroegtijdig grijs baasje en blijkbaar immuun voor de warmte. Hij had een wetende, ironische trek om zijn mond en zijn ogen hadden iets geduldigs en alerts. Later zou ik die trekjes en hun betekenis beter leren kennen, maar voorlopig bespeurde ik alleen maar een beleefde en afgemeten onderzoekende blik. Het was nog voordat hij geridderd zou worden – en wat dat aangaat nog voordat hij echt beroemd zou worden – maar niettemin was hij een cliënt om zuinig op te zijn. En dat zou ik ook zijn geweest als ik niet door zo veel onzekerheden werd belaagd.

'Ik hoor dat uw ster aan het firmament van de architectuur rijzende is, jongeman,' begon Thornton zodra we alleen waren.

'Dat zou ik niet zeggen, meneer.'

'Geen valse bescheidenheid alstublieft. Daar schiet je in dit vak niets mee op en in het uwe waarschijnlijk evenmin. Iemand heeft me het stuk over u in *The Builder* van deze maand laten zien.'

'U bedoelt over Clouds Frome?'

'Jawel. Dat huis is toch een schepping van u?'

'Nou... inderdaad.'

'Ik vind het mooi. Het is indrukwekkend origineel. Gefeliciteerd.'

'Dank u wel.'

'Maar ik heb u niet uitgenodigd om u alleen maar te feliciteren.'

'Nee, meneer, dat had ik ook niet verwacht.' Ik begon inmiddels een idee te krijgen van wat er zou volgen. Thornton wilde ook een soort Clouds Frome: een huis in een van de graafschappen bij Londen voor een succesvol hotelier. De hardnekkige vloek van de architect is de cliënt die alleen maar een duplicaat van een vorig werkstuk wil. En die vloek is des te erger omdat het doorgaans cliënten zijn met voldoende geld om een dergelijke tegenzin te overwinnen.

'Tot nu toe heeft het aankopen en moderniseren van oude hotels me geen windeieren gelegd. Onlangs heb ik het gevoel gekregen – en de raad van bestuur is het met mij eens – dat een hotel dat hier in Londen speciaal voor ons wordt gebouwd, een even tijdige als lucratieve uitbreiding van onze keten is.'

'Daar zult u vast gelijk in hebben, meneer.' Dus geen huis en geen kopie van een bestaand ontwerp. Een hotel, en nog wel een groot hotel. Mijn naam op een opvallend Londens gebouw. Het klonk bijna te mooi om waar te zijn.

'Naar mijn mening moeten we iets persoonlijks hebben, iets waarop het stempel van onze eigen identiteit gedrukt staat. Ik wil geen zoveelste Carlton of Waldorf. Ik wil geen kilometers lijstwerk van gips of de helft van het Afrikaanse oerwoud in de salon.' Inmiddels was hij achter zijn bureau vandaan gekomen en stond hij voor het open raam over Green Park uit te kijken. 'Luxe, dat wel natuurlijk. Luxe in optima forma. Alle moderne gemakken. Sterker nog, alles wat de veeleisende reiziger maar kan verlangen. Elegantie in plaats van grootsheid. Volgt u mij een beetje?'

'Zeer zeker, meneer. Het is precies het oogmerk waarin ik me helemaal kan vinden.'

'Mooi.' Thornton glimlachte. 'We hebben een optie op een plek aan Russell Square. Hoe zou u het vinden om iets voor zo'n locatie te ontwerpen?'

'Dat zou ik prachtig vinden. Zonder meer. Ik zou het zelfs een hele eer vinden.'

'Ik moet erbij zeggen dat u niet de enige architect bent die we hebben benaderd. We hebben Mewès & Davis ook gevraagd een ontwerp in te dienen.'

Mewès & Davis hadden de Ritz op hun naam, dus die keus lag voor de hand. Het was ongelooflijk dat ik als alternatief genoteerd stond. 'Een voortreffelijke firma,' stamelde ik. 'Met de beste papieren.'

'Die bij een aantal vrij conservatieve leden van de raad een streepje voor heeft,' zei Thornton. 'Maar zoals ik al zei, heb ik een voorkeur voor een innoverend element. Dat trok mijn aandacht in Clouds Frome. Uw werk, en dat van niemand anders.'

Het gebeurt weleens dat de stijl van slechts één bepaalde architect en van geen andere een cliënt kan bevredigen. In dat geval wordt de kwestie van reputatie irrelevant. Om zo'n architect te zijn en Ashley Thornton als cliënt te hebben, was een lot uit de loterij. Wat zijn raad van bestuur dacht, deed er niet toe. Zijn gezichtsuitdrukking gaf te kennen dat de uiteindelijke beslissing aan hem was. Ik zou wel gek zijn als ik de kans die hij me bood zou afslaan. 'Ik denk dat ik die opdracht wel aankan, meneer. Het stemt me trots om hem aan te nemen.' Ik was gaan staan en schudde hem de hand.

'Ik wil graag voor het eind van de maand een aantal voorlopige schetsen zien. Lukt dat, denkt u?'

'Zonder meer.'

'Prachtig. Het hoofd van onze planning kan u alle nodige bijzonderheden verschaffen. Ik zal zorgen dat u hem nu kunt spreken.'

We liepen naar de deur en de aantrekkelijke mogelijkheden vermenigvuldigden zich in mijn hoofd. Een groot hotel midden in Bloomsbury. Een cliënt die het beste van het beste wilde en nog een bewonderaar van mijn werk was ook. De ruimte om mezelf in uit te drukken en het geld om dat te doen. Het Thornton Hotel: hoofdingang, voorgevel en afmetingen namen voor mijn geestesoog al vorm aan. Bekendheid, rijkdom en zelfs lauweren voor de architect. Het potentieel was grenzeloos en de aantrekkingskracht onweerstaanbaar.

Een halfuur later liep ik in oostelijke richting over Piccadilly en vanbinnen repeteerde ik al met veel genoegen hoe ik Imry zou vertellen wat voor hoofdprijs me zojuist in de schoot was gevallen. Opeens stond ik zo abrupt stil dat iemand van achteren tegen me opbotste. Ik had mijn excuses moeten aanbieden, maar onder het gemopper en de boze blikken kon ik alleen maar stompzinnig voor me uit staren. Even voelde ik me niet in staat om iets te zeggen. Het was net alsof er een wolk voor de zon was geschoven. Iets was met verschrikkelijke kracht tot me doorgedrongen omdat ik tot op dat moment was vergeten wat met geen mogelijkheid werkelijkheid kon worden als Thorntons voorstel door zou gaan.

Ik zocht mijn toevlucht in een van de galerijen die naar Jermyn Street voerden en daar moest ik, terwijl ik tegen de etalage van een kunstwinkel leunde, mijn uiterste best doen om mijn gedachten op een rij te krijgen. Ook al was Thornton zelf nog zo ruim van opvattingen, zijn mededirecteuren zouden dat niet zijn. En bovendien kon ik geen hotel in Londen ontwerpen op een onderduikadres in Parijs, laat staan van de andere kant van de wereld. Het was totaal uitgesloten. Nog maar een paar dagen en mijn leven en dat van Consuela zouden drastisch veranderen. Ik kon Thorntons aanbod niet aannemen, noch dromen van rijkdom en roem als ik mijn geloften aan Consuela gestand zou doen. Ik kon alleen maar als een haas teruggaan naar Thorntons kantoor om me zo snel en elegant mogelijk terug te trekken.

Langzaam liep ik de galerij door en weldra was ik aan het eind. Ik had rechtsaf moeten slaan, maar ik ging linksaf en versnelde mijn pas. Jermyn Street was verlaten en verstikkend warm. Ik liep hard, maar niet hard genoeg voor mijn zielenrust. Ik zweette niet. Ik had het niet eens warm. Vanbinnen had iets kouds, hards en genadeloos' vorm gekregen, iets wat ik kon toegeven noch wegdenken. Haastig liep ik door en ik gaf me over aan de greep ervan.

Imry trok een fles champagne open toen hij het nieuws had gehoord. Hij wist net zo goed als ik dat onze vennootschap gebeiteld zou zitten met een hotel zoals Thornton voor ogen had. We namen een taxi naar Russell Square en gingen op een bankje in het plantsoen zitten om feestsigaren te roken en het huizenblok in ogenschouw te nemen dat onze cliënt had aangekocht.

'Hoe heb je dit voor elkaar gekregen, Geoff?' grijnsde Imry. 'Dit is de kans van je leven.'

'Hij had het stuk in *The Builder* over Clouds Frome gelezen.'

'Maar een hotél? Ik zou zeggen dat hij niet verder zou kijken dat Mewès & Davis. Of Fitzroy Doll.'

'Hij wil iets anders. Iets origineels.'

'Dan moet je hem dat geven, zou ik zeggen. Heb je al een idee?'

De middagzon was oogverblindend en de duiven op het gras werden er apathisch van. Fel zonlicht leek het plein uit alle hoeken te belichten en misschien kwam het idee wel hierdoor: door de verzengende zuiverheid van het licht.

'Eenvoud, Imry, dat is de sleutel. Ik denk een stalen geraamte om het daglicht maximaal de kans te geven. Natuurstenen voorkant om het object gewicht en gezag te geven. Klassieke voorgevel die niet uit de toon valt bij zijn omgeving. Binnen alle rijkdom aan details die de gasten er verwachten, maar geen barokke somberheid of een tropische binnentuin. Licht en ruimte. Het toppunt van luxe met veel ademruimte.' Ik keek hem van opzij aan. 'Wat vind je?'

Hij grijnsde nog steeds. 'Het klinkt schitterend.'

'Ik heb jouw hulp natuurlijk nodig; opstandschetsen, ramingen, plattegronden, schetsimpressies. Thornton moet voor het eind van de maand een complete serie voorstellen hebben.'

'Dan stel ik voor dat we hard aan het werk gaan. We zullen flink over moeten werken. Ik neem aan dat je je weekeinde op Clouds Frome afzegt? Dan kunnen we doorw –'

'Nee!' viel ik hem in de rede. 'Ik moet naar Clouds Frome.'

'Maar luister nou...'

'Probeer het niet uit mijn hoofd te praten, Imry. Dat is verspilde moeite. Ik moet erheen, neem dat maar van mij aan.'

'Een probleem waar ik niets van weet, ouwe jongen?'

'Dat kun je wel stellen.'

'Als ik je van advies kan dienen... Of je op de een of andere manier kan helpen...'

'Dank je wel, maar hierbij kan niemand me helpen. Dit moet ik zelf opknappen. Als ik terugkom, kan ik het Thornton-project mijn onverdeelde aandacht geven. Voor die tijd...'

'Nou?'

'Voor die tijd moet je me maar succes toewensen, Imry.'

Het gevoel van schaamte wordt dieper naarmate dit verhaal vordert. Hoe heb ik het kunnen doen? Hoe kon ik alle hoop en alle dromen die ik met Consuela had gedeeld de rug toekeren? Zij had aangeboden alles voor mij op te geven en dit was haar beloning. Ze werd aan de kant gezet en in de steek gelaten. En waarvoor? Niet ten gunste van plichtsbetrachting of morele overwegingen, maar van inhaligheid, vanwege mijn zelfzuchtige verlangen om naam te maken als beroemd en gelauwerd architect. Een stapel stenen op een Londens plein. Een ode aan een valse vorm van onsterfelijkheid. Meer niet. Iets wat de jongere versie van mezelf die ik amper meer herken, meer begeerde dan de liefde en trouw van een beeldschone vrouw. En waar hij naar hunkerde zou hij krijgen ook, afgemeten in puin, steenstof en hol applaus. Hij stond niet stil om de tol te berekenen. Hij piekerde geen moment over de repercussies van zijn verraad. Hij was een jonge, ijdele, wrede dwaas. En hij was ook nog iets anders. Hij was iemand die ik veracht. Hij was wat ik ooit geweest ben, het enige waar ik nooit aan kan ontkomen. En de schuld die hij naliet, betaal ik nog altijd af. Tot op de dag van vandaag. Zelfhaat kan tot openhartigheid leiden. Ik zal mezelf niet sparen. Ik zal niet proberen het gênante verslag van mijn gedrag sindsdien goed te praten. Ik probeerde mezelf wijs te maken dat ik alleen maar deed wat juist en verstandig was: dat ik een einde maakte aan een onmogelijke flirtation en dat ik Consuela bevrijdde van een toekomst waar geen brood in zat. Maar het was een leugen en ik wist het. In werkelijkheid had ik besloten haar behoeften, ambitie en hoop te verloochenen ten gunste van die van mezelf. In werkelijkheid had ik besloten haar te verraden.

'Weet je wat nou het ergste is, Imry?' vroeg ik toen we die zaterdagmiddag afgelopen oktober in de deuropening van Sunnylea stonden.

'Dat je denkt dat ze toch schuldig kạn zijn.'

'Ja.'

'En je vindt dat het jou medeplichtig maakt.'

'Nou, dat is toch zo? Als ik haar niet zo verachtelijk had behandeld, als ik haar niet aan de kant had gezet voor een sappige opdracht, als ik haar hele leven niet had verzuurd voor mijn onbenullige carrière…'

'Dan had ze twaalf jaar later misschien niet geprobeerd haar man van het leven te beroven?'

'Nee toch? Daar gaat het nou om. Dat kan ik maar niet van me afzetten.' Ik keek hem recht aan. 'Herinner je je nog die zomerdag dat we op een bankje op Russell Square sigaren zaten te paffen en inhalig naar die plek zaten te kijken waar het Thornton Hotel moest komen?'

'Natuurlijk.'

'Als ik je toen had verteld wat ik dat weekeinde op Clouds Frome ging doen, wat had je dan gezegd?'

'Dat is nu gemakkelijk te zeggen, ouwe jongen. Nu we weten wat er van het Thornton is geworden, en van de dame die je in de steek hebt gelaten om het te bouwen.'

'En van mijn huwelijk,' zei ik. 'En van jouw gezondheid.'

'Jawel. Al die dingen had de toekomst nog in petto voor een stelletje opgeblazen jongemannen. Maar daar wisten we toen nog niets van, toch? We wisten niet wat ons boven het hoofd hing.'

'Dus wat zou je – zonder dat alles te weten – hebben gezegd?'

Imry staarde langs me heen in de verte. 'Ik weet het niet, Geoff.' Daarna keek hij me weer aan en glimlachte: 'En we zullen het ook nooit weten, hè? Het is nu te laat om daarachter te komen.'

SIRENE POCKETS

IN DE SERIE SIRENE POCKETS ZIJN LEVERBAAR